辻井喬＝堤清二

文化を創造する文学者

Tsujii＝Tsutsumi

菅野昭正 編

粟津則雄
松本健一
三浦雅士
山口昭男
小池一子

平凡社

辻井喬＝堤清二　文化を創造する文学者　　目次

本書は、二〇一四年十月に世田谷文学館で行われた連続講座「辻井喬＝堤清二　文化を創造する文学者」をもとにしています。「まえがき　二つの世界を生きたひと」と「あとがき」は本書刊行にあたっての書き下ろしです。

辻井喬＝堤清二　文化を創造する文学者

まえがき　二つの世界を生きたひと

菅野昭正

福沢諭吉との類似性

福沢諭吉は、ひとりの人間が二つのまったく異なる時代を生きることになった巡りあわせに、ある特別な感慨を抱いていました。封建制度がようやく崩壊にむかいはじめた幕末期を生きた前半生、そして日本近代の黎明をめざして、文明開化の難事業に打ちこんだ後半生。維新が実現した一八六八年（明治元年）、福沢諭吉は当時の習慣にしたがって数え年でいえば、三十五歳でした。

ここは福沢諭吉が必死に学んだ西洋流になりますが、ダンテ『神曲』の第一行「人生の道のなかばにして」が、三十五歳に当るのはよく知られているとおりです。

わが福沢諭吉はまさに「人生の道のなかば」で、明治維新を迎えたのでした。もちろん実際のところは、たまたまそうなったにすぎませんが、そんなふうに真っ正直に割りきったのでは面白くない。一身で二つの根本的に異なる時代を生きねばならなかった生涯の意味を、抜群の洞察力で考えぬいた偉才の複雑微妙な胸裡《きょうり》を察して、天は福沢諭吉というひとりの人の上に、なにかしら運命的とも思える生涯の中点を、みごとに作りだしたと考えておきたいところです。

福沢諭吉の後半生は、明治元年から数えて三十四年になります（こちらも数え年ふうの計算ですが）。三十五年にわずか一年足りないことになりますが、これは最小の近似値ですから、まあ物の数に入れるまでもないことにしましょう。要するに福沢諭吉という人はひとりの人間でありながら、封建の門閥制度の時代と「天は人の上に人を造らぬ時代」とを、どちらも精いっぱい努力して生きぬくことができたという不思議さを、同時代の誰よりも明確に意識していた人物として、近代日本の歴史にその名を残したのでした。


堤清二＝辻井喬氏も、福沢諭吉のように二つの時代を生きたひとでした。一九四五年八月十五日の敗戦のとき、堤清二さんは十八歳の学生でした（辻井喬はまだ生まれていなかった）。それまでの戦争の時代、軍国少年の傾向がいくらかあったと自身で述懐されたことがありますが、おそらくその言葉どおり、超国家主義、軍国主義の狂熱をまともに浴びて生きてきたのでした。

だが、あの惨憺《さんたん》たる敗北が決まった日を境界にして、学生の身分に変りはなかったものの、戦争中とまったく異質の時代の渦のなかに、堤清二さんも否応なく投げだされることになりました。その変転の衝撃を避けられぬ運命に見舞われたという限りでは、日本人すべてが同じ場所に立たされたわけですが、堤清二さんの場合は、どうもひとしなみに同列に並べられない気がしてなりません。その人生の第二の局面は、同じ年代の多くの学生と繋《つな》がるものをふくみながら、しかしある特異な陰翳《いんえい》を宿しているように思われるのです。

堤清二さんは東大に在学した一九四〇年代後半から五〇年代のはじめにかけて、当時、戦後最初の昂揚《こうよう》期にあった学生運動の中枢で活動していました。一九五〇年一月、日本共産党の「平和革命論」なる綱領が、コミンフォルム（コミュニズム運動の国際的指導組織）の厳しい批判に曝《さら》された結果、日本共産党はその批判をめぐって分裂状態に陥る事態になりました。党中央の方針に異議を唱えた東大学生の細胞は解散を余儀なくされて、学内の活動家たちのあいだでも分裂がおこり、混乱状態が渦まいているようでした。

ずっと後年になって「ノンポリ」という造語が出現しましたが、その時期に学生だった私はまぎれもない「ノンポリ」で、そういう混乱の輪郭のそのまた輪郭をはるか遠くからぼんやり見ているだけでしたから、堤清二さんがどれほど悪戦苦闘を強いられているか、知る由もありませんでした。そもそも、堤清二という活動家の存在さえ知りませんでした。

そんな状況のなかで、若き日の堤清二さんのなかに蓄えられた経験の断片をいくつか見通せるようになったのは、かなり年月を経て、辻井喬の名で刊行した小説のなかの自伝的な部分とか、回想録ふうの文章を通してということになります。それらいわば自己証言に類する文章を仔細にたどることによって、屈折に屈折を重ねたあの時期の学生運動に身を置いて、堤清二さんがなにを得たかが見えてくるのではないか。また反対に、なにを失ったかも推察できるのではないか。すくなくとも、人間のさまざまな性向を観察する機会にはずいぶん恵まれたでしょうし、その一方では人間にたいする不信や疑念を（すべての人間にたいしてではないとしても）、植えつけられずにいられなかっただろうとも推察されます。

それからまた、こういう事情をつけくわえておく必要もありそうです。あの敗戦の直後、コミュニズムの教義を信奉して政治運動に参加した学生たちは、それが多分に幻想の産物であったとしても、新しい時代を創りだそうとする意志と情熱に動かされていたことは間違いありません。彼らは多かれ少なかれ、宙空に夢を描く理想家だった。堤清二青年もその一翼を担う存在でしたが、しかし他の学生運動家たちと一線を画す特異な場所に置かれているという自覚が、その胸の底に重苦しい矛盾として疼《うず》いていたはずです。

それは家庭の問題です。父親の堤康次郎氏は周知のとおり、実業の世界で一代にして事業を大きく発展させて産を築いた上、保守政党の領袖として政治の世界でも重要な役割を演じていた人物です。その家庭の子弟が反体制の運動に積極的に関わるとなったら、父子のあいだに溝が生じるのは当然のことであろうし、その場合に確執の重荷を背負わなければならないのは、いうまでもなく息子のほうです。堤清二さんがどんなふうにその重荷に耐えたか、それは臆測の及ぶところではありませんが、学生運動の前衛として奔走する時期は、またそのような矛盾の重荷とひとり孤独に闘う時期でもあったはずです。

一身にして二つの異なる人生

ここまで急いで辿ってきたように、堤清二＝辻井喬さんを福沢諭吉に近づけるのは、二つの異質の時代を生きるという経験を、いわば共有していた事実です。それもただ経験するというだけではなく、時代の動向を確かな眼で見とどけようと努める意識が、そこには同じように働いています。そのことをひとまず確認した上で、ここで明治の新しい文化を開拓した大先達には退場してもらって、堤清二＝辻井喬さんがもうひとつ別の意味あいで、一身にして二つの異なる人生を生きる経験の所有者であったという事実に、話題を移すことにしたいと思います。

敗戦後の第二の時代における人生がしばらく経過してから、堤清二さんは実業家の家庭に生まれたがゆえに敷かれた既定の路線にしたがって、企業経営の世界に足を踏みいれることになります。といっても、既存の社業の経営をただ引きつぐことにとどまるだけでなく、激しく動く時代の行方を見通して、新しい事業を展開する創意やら工夫やらに富む企業家として。また一方、辻井喬さんが詩人であり小説家であり、さらに現代の消費社会の脆《もろ》さを内包する特性を、文学的な視点にもとづいて説きあかす評論家であったことはいうまでもありません。世間並に通りのよろしい言いかたに倣《なら》えば、実業家であるとともに文学者であった人物ということになるのでしょうが、大事なのは堤清二＝辻井喬さんが（この名前は逆にしても差しつかえないでしょう）、なぜそういう二つの世界で活動しなければならなかったのか、二つの世界を往来するのに障害とか矛盾はなかったのかということです。もし矛盾があるとしたら、どんなふうにそれを解きほぐして調和を見つけだしたかということです。

ところで、堤清二＝辻井喬という二つの名をもつ人物の存在をいつ知ったか、確かな記憶がありません。詩集『異邦人』（一九六一）で室生犀星詩人賞を受賞されたときには、この詩人が実業家でもあるという異例の経歴に通じていましたから、それ以前であるのは間違いないし、また哲学者の中村雄二郎さんからその事実を教えられたことについては、疑問の余地はない。その頃、中村さんと私は同僚教師でした。というより中村さんの紹介で私は明治大学の教員に採用されたのですが、なにかの折に、中村さんが堤清二＝辻井喬さんと旧制成城高校で同級生だったと断った上で、二つの領域に能力を傾ける生きかたに関心をひかれる、と披瀝《ひれき》されたことがありました。

中村さんにしてみれば、その関心は決して友情の延長として生まれたのではなく、相反的であるかもしれない実業と文学の二つの領域を往還する生きかたの秘密を、というか二つを重ねあわせる生きかたの根本にわだかまるものを、哲学者として解いてみる心づもりがあったのだと思います。適切な言いかたかどうか別として、そこには存在論的な問いかけを誘う謎めいたものが認められるという口吻《こうふん》が、そのとき中村さんの談話から感じとれたのを覚えています。はるか昔の一場の会話がはっきり思いだせるのは、中村さんの関心の方向に私もほぼ全面的に共感したからです。

こうして堤清二さんが西武百貨店の経営者であり、その若き経営者が詩人として業績を積んでいるということに、少なからず注意をひかれるようになったのでした。実業の世界に身を置きながら、同時に文業で相応に活躍し功成り名遂げた人物が、それまで数えられなかったわけではありません。水上瀧太郎は小説家としても卓越した技能を認められた存在でしたし、やがて辻井喬さんの小説のモデルに選ばれる川田順は、一流の列に並ぶ傑出した歌人として知られていました。源氏鶏太のように、大衆文芸の分野で広汎《こうはん》な読者層に受けいれられた作者も、その数は少なくあるまいと思われます。

しかしこうした著名の士たちが、一言でいえば高級であるとはいえ、大企業の社員であったのとちがって、堤清二さんは企業の基礎を固め、着実な発展の路線に乗せ、そこで働くひとびとの生活の安定に責任を負わねばならぬ経営者の地位にありました。同じように実業家といっても、その肩にかかってくる重荷の程度はくらべようがないほどでしょう。実業の世界のややこしい機構になんら知見をもちあわせなくとも、その程度の推察くらいはつけられます。

「叙情」と「闘争」

実業の世界に足を踏みいれたことがなく、企業経営の実務に近づいたこともないのに、堤清二＝辻井喬の残した業績をできるだけ知悉《ちしつ》したいと思う者にとって、幸いなことに『叙情と闘争』（二〇〇九）が啓蒙の役割をしてくれます。『叙情と闘争』は「辻井喬＋堤清二回顧録」と副題されているように、二つの名の両方にわたる数々の経験を回想した著作ですが、どちらかといえば「闘争」のほうに――つまり実業の世界のほうに多くの頁がさかれています。小林一三、中山素平、松永安左ヱ門等々、私などでも名前くらいは知っている企業経営者としての在りかたから何をどう学びとったか、ときに批判や疑問もまじえて、じつに率直に筆が運ばれてゆくのがこの一冊の大きな特徴になっています。

この一書のなかで、際立って多くの頁を費しているわけでもないのに、小林一三の事業の足跡にことさら深い関心を寄せているように読みとれますが、それは堤清二さんがそこに一種の先蹤《せんしょう》を見ているからだと思えてなりません。都市郊外を走る鉄道、沿線住宅地の造成、そしてひろく大衆に迎えられる演芸活動の拠点の創生を一体化して、小林一三は新しい型の文化を地域に根づかせようと考えていました。創意に富んだその構想法も経営法も、事業の分野こそ異なるにせよ、堤清二さんの眼からすると、他人事でない魅惑的なものに映っていたはずです。また、さまざまな業界の数多くの経営者との接触を通して、ただ経営の手法を参考にするだけにとどまらず、人間を観察する機会を意識的に作りだそうとする姿勢が、『叙情と闘争』からうかがいとれることも忘れてはならないでしょう。

忘れてはならないといえば、『叙情と闘争』をめぐって、さらに二つぜひ書きそえておきたいことがあります。父の康次郎氏の意向にしたがって、堤清二さんが西武百貨店の経営にたずさわるようになったのは、今にして思えば経済の高度成長が持続している時期でしたから、若き経営者にとって幸運といえば幸運であったのかもしれません。

しかし、事業というものが、幸運だけで順調に発展するわけはありません。堤清二さんが百貨店を引きついだとき、当時は西武と名のつくのは池袋店だけで、どう見ても三越など一流には遠くおよばない弱体企業に甘んじている状態でした。そこから出発してさほど長くない年月のあいだに、系列の店舗をふやしたばかりでなく、百貨店の業界の先頭に立つ成果をあげるまでになります。奇蹟的と呼んでいいかどうか門外漢には分りかねますが、この順調すぎるほどの発展をもたらした大きな要因は、時代がどんなふうに動いているかをきちんと見通し、どうすれば時代の動向に適合できるかを的確に感じとり、それにふさわしい経営の方策を編みだすことにあったのではないか。いいかえれば、結局のところ、堤清二さんの時代感覚、時代意識の勝利だったといって差しつかえありません。

書きそえておかねばならないもうひとつの問題は、辻井喬さんが詩を紡ぎだす起源に関わることです。それは題名にほとんど明示されています。「叙情」が「闘争」に先行しているのが意味深長であると思えますが、ともあれ、「叙情」が詩作など文学の領域と結ばれているのに疑問の余地はありません。もう一方の「闘争」が何を指しているか、一見した限りでは、こちらも詮索するまでもないように見えるかもしれません。実業家としての活動を一語に集約したのだといえば、それで一応は通用するでしょう。

しかしなぜ「闘争」を堤清二さんがことさら選んだのか、もうすこし考えてみる必要がありそうな気がします。修辞学に換喩という用語があり、〝あるものをそれと密接に関係する別のあるものによって表現する語法〟などと定義されますが、堤清二さんにとって、企業経営とはすなわち闘いであったという事実が、ここでは換喩のかたちで、はしなくも明言されているとみなすことができます。

先代の起業した仕事を細目までそのまま引きついで、安楽に日々を送る経営者もあるかもしれませんが、堤清二さんはそんな部類とまるで無縁であったことが、この一語ではっきり示されています。この場合、「闘争」の内実とはどういうことかを探索するのが肝心ですが、まず考えられるのは、時代の動向を十分に視野にいれて策定する企業戦略の前に出現するさまざまな障害を、ひとつずつ乗りこえてゆく労苦です。それが事を起こすに好適な機会を捉える知恵を、あるいはまた不利な状況に対処する忍耐をどれほど必要とするものであるか、局外にある者でもさほど無理せずに推測がつけられます。それを「闘争」

と称するのになんの不思議もない。堤清二さんが案出した譬《たと》えはまこと的確なのです。

そこまではしかし前段にほかなりません。「闘争」というこの換喩には後段として、もうひとつ別のもっと大事な意味あいがふくまれているのを見落としてはならないし、堤清二＝辻井喬さんは当然そこまで含意の網をひろげて、このいささか武張った感じの語を選んだにちがいありません。前段の闘いの舞台が外部に向けられているのにたいして、こちら後段の闘いでは闘う場所が変って、闘いは闘う人物の内部で行われるものであり、闘いをはじめるのも決着をつけるのも、当の本人でしかあり得ません。前段の闘いが必要とあらば、助言者や協力者の支えを求められるのにたいして、こちらはあくまでもひとり内部で処理するほかない孤独な闘いです。

企業経営の場面で計画が成功した場合にあっても、さらになにか障害にぶつかった場合にはなおさら、堤清二さんのなかにはなにか満たされないものが渦まいたのではないか。この事業計画が達成されたからといって、あるいは不首尾に終ったからといって、それがいったい何であるのか、本当の自分はそこにしかいないのかと、みずから糾問するような情感が湧きでてくるのではないか。しかし答えは見つからない。こうして深く胸裡に生まれて重くわだかまる情感を、今度は辻井喬さんのほうが引きついで、なんとかそれを慰撫し鎮める道筋というか捌《は》け口を見つけだそうとします。思いきって簡略に整理してみると、辻井喬さんの詩はそのような順路をたどって作られていたように思えます。

最初の詩集である『不確かな朝』にせよ、室生犀星賞を受けた次の『異邦人』にせよ、題名からしてすでにそうした特性を感じとらせるところがあります。自分の存在の本当のありかはどこにあるのか、ひそかに自問をあれこれ重ねてみても、確かな答えはいっこうに得られないという空しい循環が繰りかえされる感触が、そこにはただよっています。また、現実社会で実業家として生きている自分が、ここでは異国の人間であるとしか感じられない瞬間が、ふと隙間風のように襲ってくる奇妙な気分が、ゆっくりと流れていたりもします。

初期から晩年まで数多くの詩集が送りだされましたが、辻井喬さんの詩は総じて平明な語彙をつらねながら、なだらかな韻律で運ばれてゆくところに基調が置かれています。いうまでもなく、それは独自の基調に変りがないということであって、詩語の結びあわせかた、詩行の繋ぎあわせかたなど、詩法の面に関しては時とともに熟達が認められるのは間違いありません。それからまた、いましがた触れた存在の孤独さ、精神の拠りどころのなさを反芻《はんすう》する詩的な情感は、初期の詩においては、実業家としての個人的な社会生活の領域に根づいているのと異なって、晩年の詩にあっては、文明のなかの孤独とでもいうべきある種の普遍性の色彩を帯びるようになっていることも、よく見とどけておきたいと思います。それを裏書きする例証は、たとえば『鷲がいて』にいくつも織りこまれているはずです。

消費社会の新しい地平「無印良品」

ここでまた堤清二さんのほうにもどりますが、実業家としての堤清二さんの優れた時代感覚、時代意識に裏づけられた才幹を、まことに新鮮なかたちですっきりと示しているのは、無印良品の創業です。西武百貨店や西友を盛業に導いたのは、もちろん偉とするに足る業績ではあるけれど、考えようによれば、すでに軌道に乗っていた事業を盛大に拡充した結果であったともみなせないではない。だが、無印良品の場合はちがいます。同じ流通業の変異体という利点もあるでしょうし、優秀なスタッフにめぐまれたという幸運もあったでしょうが、消費社会化という時代の形勢をしっかり読みとっていた堤清二さんの統轄力、指導力は、この新型の流通グループの展開に欠かせないものであったろうという気がします。

第二次大戦の終結からしばらく経って、一九六〇年前後の頃か、先進国と類別される国々に消費社会化の波が沸きたちはじめたのは、あらためて繰りかえすまでもありません。いくらか時間差は置かれたものの、高度成長の勢いの当然の帰結のようにして、消費社会と呼んでもおかしくない社会構造の変容が、日本でもたしかに認められる時代が来ました。「一億総中流」という耳ざわりのよい、しかし不正確で怪しげな新造語が世上に飛びかったのを思いだしますが、それは問題の社会現象の徴候を示す好個の一例でした。

いわゆる消費社会についてまわるひとつの属性は、とかく画一化にむかいやすい傾向だという指摘があります。衣料でも家具でもよろしいが、あるひとつの品に人気が集まると、消費者の多くがそれをぜひ所有したいという意欲にかられ、結果としてひとびとの生活様式が一様に同じかたちに整えられ、社会風俗に変化が乏しくなるというのが、その指摘の要点であると思われます。

ところが、フランスの社会学者ジャン・ボードリヤールの説にしたがうと、現代の消費者の心理にはもうすこし複雑な二つの特徴が、ふくまれているらしいのです。ひとつは画一性といっても、現代の消費者は、旧来のものと一線を画する目新しい商品（フランス語で gadget といわれる種類のもの）にたいする欲求が、なによりもまず先行するということです。もうひとつは画一化の流れのなかにいながら、ある場合に、その流れに逆行して、差異を求める欲望に誘引される消費者もいるということです。たとえば、同じメーカーの同じ型式の車を買うにしても、ある部分を特別な仕様にするとか、とにかく画一化の列から離れようとする心理に動かされる現象は、フランス社会にたしかに見受けられたのでしょう。

『消費社会批判』という著作をもっている辻井さんは、日本の消費社会化に見られる特徴として、広汎な大衆性を帯びている側面を明瞭に見通していました。それだけでなく、いま触れた画一化のなかの差異化を追求する欲望が（考えようによれば、これはフランス流の個人主義のなせる業かもしれません）、日本ではあまり強力に働かないという事実にも、視線をとどかせていたのではないかと想像されます。

無印良品が新型の流通企業として着実に発展を遂げていったのは、日本型消費社会の特異な形態を見とどけた堤清二さんの、炯眼《けいがん》による観察に支えられるところまことに大きかった。もちろんそれだけではないでしょうが、もしその観察なかりせばと思えてならないのです。無印良品の扱う商品が好ましいのは、簡素ながらできるだけ優美かつ瀟洒《しょうしゃ》な外形を整えるとともに、充実した機能をそのなかに用意する工夫が感じられることです。そこには、見た眼に派手であるにすぎない過剰な装飾などまったく付けくわえられていないし、付加価値とか称する無用な機能も取りいれられていません。あれは一九九〇年頃、パリに滞在していたときですが、サン＝シュルピス大聖堂のあたりを散策している折に無印良品の店があるのに気づき、好奇心に惹かれて店内をのぞいてみたことがあります。あまり広くない店内は、simplicité（簡潔さ）、élégance（優美さ）、chic（洗練）、fonction（機能）が、ひとつに溶けあった空間に満たされているように感じられたのを覚えています。

こうして無印良品の創業は、新型の消費財の提供にとどまるだけでなく、日常的な生活文化に新しい地平を開こうとする企図を、世にひろく印象づけることになりました。辻井喬を内部にかかえこんだ堤清二さんでなければ、こういう事業に熱意を傾けられなかったであろうことは、今にしていっそうよく理解できます。それはつまり、新しい文化を創りだそうとする意志を、内部に燃えたたせている実業家の存在証明であったとも考えられます。堤清二＝辻井喬さんのなかでは、文化と実業とが矛盾も葛藤もなく結びついていたといっても、この場合、決して過言にはならないと思うのです。

文化を創った文学者

時代の変転に即応した文化の創造をめざす真摯《しんし》かつ広汎な意志は、むろん日常的な生活の局面だけで充足するはずはなく、既定の道筋を歩くようにして、美術、演劇など芸術の領域へ積極的に踏みこんでゆくことになります。具体的にいえば、西武美術館、西武劇場の開設がそれに当ります。そこでは、旧来の枠を乗りこえた美術あるいは演劇を新鮮に活性化する活動が、ひろく文化全般の根幹を支えるはずだという判断が、大きな推進力になっていたにちがいないと推量されます。

いま思いだす限りで実例をあげることになりますが、たとえば西武美術館で展示された、マン・レイ、サム・フランシスはじめ数々の現代の前衛的な作品とか、西武劇場で上演されたピーター・ブルック演出の『マハーバーラタ』、イギリスの劇団によるカフカ『審判』など、新しい文化の動向を如実に示してくれる機会に、私たちは何度も恵まれたことが思いだされます。それらはほぼ例外なく、程度の差こそあれ、現代の文化にとって掛けがえのない刺戟となったし、内外の芸術の新しい成果に触れることを渇望する観客に、歓迎されたのは間違いのない事実です。実業の面からすればおそらく採算の合わない文化事業に、こんなふうに深く踏みこんだのも、帰するところ辻井喬の名で表わされる文学者を動かしていた時代感覚、時代意識の産物であったと断定しても、よもや見当はずれになる恐れはないでしょう。

人生の奥ぶかい真実を追求した小説

さて、その文学者辻井喬さんの業績のことに移りますが、詩については簡単ながらすでに言及したので、今度は小説について触れるのが当然の順序ということになります。いまさら念を押すまでもなく、辻井喬さんの小説にしばしばあらわれる特性は、複雑な家庭の家族関係を背景にあしらいながら、自伝的な要素を生地のようにして成りたっているところにあります。また、もうひとつ、実業の世界で出会った多彩で豊かな経験を礎石のようにしながら、波瀾に富んだ特異な生涯を送った人物の肖像を描く伝記小説ふうの試みに、辻井喬さんが好んで筆をむけたことも書きとめておく必要がありましょう。

最近はあまり見かけなくなりましたが、いつの頃まででか、以前は文学用語として「人間像」という語がよく持ちだされたものでした。人間像が鮮明であると評価されるか、あるいは逆に茫漠《ぼうばく》としていると判定されるか、それが作品の優劣を決定する基準とみなされることも、めずらしくありませんでした。

自伝的であったり伝記的であったりする傾きの濃厚な辻井喬さんの小説が、その基調からして、人間像を堅固に彫《ほ》りあげる作業に重点を置くことになったのは、なんら不思議とするに当りません。そこに結実された人間像が、その対象は家族の誰彼であろうと、あるいは実業家としての経験のなかで出会った知己であろうと、着実な人間観察にもとづいているのも、ここでぜひ書きそえておくほうがよい事柄です。それにしても、人間解体とか存在の根拠の喪失とか安易に語られる時世にあって、こうした小説の試みがときに古風と受けとられやすいのもおそらく争えない事実であり、小説家にとって不利な条件であるのは疑う余地がありません。

美術、演劇に関しては、あれほど現代の最前線たるにふさわしい先駆的な作品を重んじたひとが、小説の筆を執るとなると古風さと見えかねない恐れを厭わず、あえて不利な作風に徹したのはなぜか。その謎を解くのは難しいことではありません。そもそも小説を書きはじめた当初から、辻井喬さんはさまざまな人物の生きかたを細緻に観察し(そこにはむろん自分自身の生きかたもふくまれます)、それを小説のかたちで表現することを通して、人生の奥ぶかい真実をできる限り確実に探究し、また社会を揺りうごかす隠れた底流の秘密を正確に突きとめるところに、最終の目標を定めていたと思われます。これ見よがしの綺想《きそう》を弄したり、いたずらに手のこんだけれんに走ったりすることなく、堅実すぎるほどのリアリズムの小説作法に徹して動じなかったのも、要するにこの目標を追いつづけたからにほかなりません。

辻井喬さんの数ある小説のなかで、最後にひとつ『沈める城』にすこし立入ることにしたいと思います。手堅い枠組をほどこされたほかの小説といささか異なって、ここでは江戸時代の古地図に記されながら、その後消滅した架空の島を設定するという虚構がほどこされています。さらにその島を舞台にして、民俗文化の古層を探るとか理想的な国を創生する幻想を描くとか、禁断の綺想が織りなされている興趣があります。それが小説を主導する筋道になっているわけではありませんが、この小さな幻想的な物語のなかに、現代の国家のありかたを問いかける寓意が、副次的な主題として埋めこまれているあたりの機微を、きちんと見通すのが大事な読みどころのひとつになっているのも間違いありません。

順序が逆になりましたが、小説の中心のほうに話を移すと、二人の主要な人物が見あたります。ひとりは大企業の経営者、もうひとりは過激な革命を夢想する詩人です（注釈をくわえるまでもなく、堤清二＝辻井喬を大きく変幻させた小説人物です）。実業の世界で生きる経営者のほうは、先代の創業者の古めかしい家族的な経営法に逆らって、現代にふさわしい合理的な多元化戦略を実践し、いったんは成功します。しかしながら経営路線を拡大しすぎたために、やがて破綻に追いこまれたあげく、愛人とともに失踪することになります。一方の詩人はというと、政治の革命をめざした方途は空しく閉ざされている事実に気づかざるを得ないし、文化の革命という夢に注いだ情熱も惨めに裏切られる結果に終るしかありませんでした。こちらも同じように、人生の門出に当って念願した理想が、さまざまな障害の前で脆くも崩れさってゆく過程が語られることになります。

そんなふうに進行する二つの人生の物語をたどってゆくうちに、読者はそこに見過ごせない問題がいくつも散布されていることに気づかされるはずです。戦前の国粋主義の残滓《ざんし》とか、合理的な企業経営を脅《おびやか》す旧套を墨守する勢力とか、消費社会につきまとう生産意欲の減退とか、さらに現代の国家のあるべき姿とは何かとか。そして読者がことさら注意をひかれるのは、「近代の敗北」という語句を記した箇所が見当ることです。いま羅列した問題群は、どれも容易に解決のつかない問題であるばかりでなく、満足できる答えの見つからないということ自体が、「近代の敗北」を証明する烙印《らくいん》になっている側面もあります。

こうして考え直してみると、『沈める城』という暗喩をこめた題名をもつこの小説は、堤清二＝辻井喬さんの経験を基盤にして生成された作品であると、明瞭に納得することができます。といっても、企業経営の実業家として、あるいは新しい文化の創造に挑んだ文学者として、さまざまな領域にわけいって蓄積した経験が、そのままそこに反映されているという意味ではありません。実際はむしろその逆というほうが正しい。ここに描きだされているのは、堤清二＝辻井喬さんが掌中にした成果とか達成ではなくて、それよりも何度も出会ったであろう幻滅を、さらにまたその幻滅とともに忍びよる孤独とを、倍率の高い拡大鏡にかけて照らしだした想像の画譜であると言わなければなりません。そこには、作者の痛切な自己批評も封じこめられています。『沈める城』が独自の色彩を帯びる小説になった要因は、それ以外のところにあるとは考えられません。

「文化国家」という目標

堤清二＝辻井喬さんの遺した業績をふりかえってきて、あらためて思いあたるのは、その淵源が敗戦とその直後の時期にあったという事実です。もちろん、すぐ実践という運びにはならなかったとしても、未来の人生をどのような方向に賭けるか、およその見通しはすでにそこで立てられたのではないかと思えてなりません。昨年（二〇一五年）、政治家という肩書きをもつひとびとが戦後七十年の節目に当ってなどと唱えては、望ましい国家のありかたを声高に説いたりする場面にたびたび出会いましたが、文化国家という言葉はついぞ耳にしませんでした。しかし、七十年をさかのぼって敗戦後の時期、政治家ばかりでなく、指導層を自認するひとびとが異口同音に、日本が再生する道は文化国家となるところにあるなどと呼号していた光景が、あらためて思いだされます。

あの混沌と騒乱の季節のなかで、人生の門出に立った若い堤清二さんは文化国家という目標にアンガジェしようと、ひそかに決意したのではないか。それは推量といえば推量ですが、当らずといえども遠からずであるはずだし、学生運動の戦列に参加した閲歴がなによりもよく、その初志のありかを裏づけてくれます。それ以後、企業経営の世界で事業を進めるようになっても、また詩人・小説家として活動するようになっても、現代の日本という国のなかに、新しい文化の開花をたえず促進する土壌を盛りあげる理想を、堤清二＝辻井喬さんはたぶん手離すことはなかった。実業と文学。ときに悪戦しつつ葛藤や矛盾を乗りこえながら、またときに乖離に悩まされながら、ひとつの人生を以て二つの世界を生きぬく難業を成し遂げたのは、堤清二＝辻井喬さんが実践の能力を十分に具えた理想主義者であったからだと、最後に特筆するのがこの一文を草した者の義務であると思うのです。

詩人・辻井喬

粟津則雄

栗津則雄（あわづ・のりお）
評論家、フランス文学者。一九二七年愛知県生まれ。東京大学文学部仏文科卒。法政大学教授などを経て、現在いわき市立草野心平記念文学館長、日本芸術院会員。著作に、『詩人たち』『詩の空間』『正岡子規』など多数。二〇一六年、『栗津則雄著作集』（全十一巻）が刊行完結。

否定され続けた青年期

辻井喬と私は同い年で、一九二七（昭和二）年の生まれです。ただ私は八月生まれで、彼は三月生まれ。彼の方が、学年は一つ上なのです。二人とも東京大学に在籍していましたが、辻井は経済学部、私は文学部のフランス文学科でしたからまったく面識もなかった。それに、私がフランス象徴詩に夢中になっていたのに、彼は共産党の東大細胞で熱心に活動していたということですから、知り合うきっかけも生まれようがない。もちろん、私なりに政治的関心がなかったわけじゃないけれども、当時の東大細胞の幹部たちは、やることなすこと妙にヒステリックな奴が多くて、私は彼らを嫌っていましたからね。辻井を知って親しく付き合うようになったのは、はるか後年のことなんです。

付き合うようになってから彼が同い年であることを知ったんですけど、同い年というのは面白いものです。例えば、大岡信《まこと》は一九三一（昭和六）年生まれで四つ下、故人となった飯島耕一《こういち》は一九三〇（昭和五）年生まれで三つ下でした。たかが三、四歳の差と思われるかもしれませんが、あの年頃での三、四歳の差というのはかなり大きい。戦争が終わったとき、大岡や飯島は、まだ十四、十五歳でした。戦争中の彼らは、時代の風潮に、自分自身の考えで立ち向かうにはまだまだ幼かった。多少の嫌悪感や恐怖感はあったとしても、時代の風潮をそのまま受け入れていたでしょう。そういう彼らにとって、敗戦は、彼らを染めあげていたそういう風潮を、一挙に、一切否定してしまうような出来事だったでしょう。そして彼らには、こういう空気が、新たな価値観、新たな感受性の誕生を可能にした、新しい感受性の祝祭を可能にしたとも言えるだろうと思うのですよ。

ところが、私の場合はどうもそうとばかりは言いかねるところがある。私は敗戦の日の八月十五日にちょうど満十八歳になったのですが、幼いながらもすでに多少とも知的に武装していたようなところがある。友人の中村稔《みのる》という詩人は、私と同じ昭和二年の生まれなんですが、面白いことを書いています。彼が一高の学生だったとき、陸軍少将が学校にやって来て、「諸君、今度の戦争は勝つと思うか、負けると思うか」と訊いたのだそうです。どういう意図でそんなことを訊いたのかはわかりませんが、まさか負けるとは言えない。すると、ある学生が、「勝たねばならぬと思います」と言ったんだそうです。なかなかうまい返事ですね。十三、四の少年では、こういう返事はできない。だけど、十七、八歳というと、こういう返事もできるような年齢なんですよ。もちろん、辻井と私ではずいぶんちがった点があるでしょうけどね。少なくとも、こういう世代的な共通性はあった。

それにしても、戦争末期から戦後にかけてというのは、非常に不思議な時代でした。その感触がわかっていただけるかと思いますので、私自身の経験をお話しするのですが、こんなことがありました。私は京都一中（現京都府立洛北高校）におりましたが、同じクラスに熱狂的な日本浪曼派のファンが数人おりましてね。ある日、そのグループの中心的な存在が私の家を訪ねて来ました。何やかや話しているうちに、その男は「とにかくお前は保田《やすだ》與重郎《よじゅうろう》の言う民族の慟哭《どうこく》を知らんな」と怒るのです。そういうかさにかかった物言いが気にくわなかったから「民族が泣くのかね」と訊くと、ますます怒り出す。「お前はいつも文化とか論理とか芸術とかなんとかを持ち出すヨーロッパかぶれである。けしからん」と怒るのですよ。これは話にならないと思いましてね。それはいいのですが、後で別の友人が、その男が「栗津という奴は大変なヨーロッパかぶれで、論理と文化とか変なことばかり言っておる。あいつは国賊だ。おれはそのうちあいつを殺す」と言っていたと教えてくれました。ちょっとこわかったですね。「殺す」などという言葉が、妙になまなましく響く時代だったのですよ。

どうも、私自身のことばかりしゃべっているようで申し訳ないのですが、辻井もこういう時代に生きたのですね。もちろん、辻井と私とでは時代への反応もずいぶん違っていたでしょうが、時代の風潮にのん気に身を委ねていたとはとても考えられない。私が辻井と親しく付き合うようになったのは、ずいぶんあとになってからのことですが、そのときの印象からもそういう気がいたしました。経済人としては西武セゾングループの総帥《そうすい》ですから、少しは威張ってもいいのではないかと思うのですが、まったくそういうところはない。いつもにこやかで穏やかで、誰にでも率直に心を開いている。

でも、ときどき、なんとも暗い表情で、黙って何か考えこんでいることがありました。そういう彼を見て、彼は、自分の中の何かを、自分の一番奥底にある苦しみのようなものを抑えている、そしてそれを、いったんは、あの穏やかな微笑みでくるんでいる。そういう思いがしましてね。いったいどういう苦しみを抑えているのだろうということがしきりと気にかかりました。

辻井喬は、一九五五年に第一詩集『不確かな朝』を発表して、詩人として歩み始めたのですが、私は、この詩集はもとより、辻井喬という存在もまったく知りませんでした。もっとも詩に興味がなかったわけじゃない。ボードレールやランボーなどフランス象徴派には熱中しておりましたし、高村光太郎や萩原朔太郎、それに富永太郎や中原中也などの詩もよく読んでおりました。だけど、同時代の詩に関しては、まったく無知だったのですよ。読もうにも、本屋には彼らの詩集など並んでいないのです。戦後派の小説は別ですけれども。それが、一九五七年ごろから「ユリイカ」や「現代詩手帖」といった雑誌にたびたび文章を書くようになって、様子が変わってきたんです。安東次男《あんどうつぐお》、那珂《なか》太郎、山本太郎、大岡信、飯島耕一といった、これらの雑誌に書いていた詩人たちと知り合い、彼らの詩集をもらうようになる。読んでみると、面白いのですね。面白いだけじゃなく、彼らの主題には私自身の主題と深く相通じるような課題があって、安東論をはじめとして、これらの詩人たちも論ずるようになりました。論ずるだけじゃなく彼らとごく親しく付き合うようにもなりました。だけど、辻井とは、なかなかそういう機会がなかった。私が詩人たちの公の集まりなどにはまったく顔を出さなかったせいもあるでしょうけれども。晩年の辻井の、暗い痛苦を穏やかな微笑みでくるんだような表情を想い起こすにつけても彼ともっと早くから知り合っていればよかったと、改めて思うのですよ。

彼のこういう個性の形成には、その生まれや育ちが関わっているようですね。私のようなごく普通の家庭の息子とは違って、辻井の家庭環境は複雑です。父は、事業家で政治家でもある堤康次郎ですが、お母さんは正式の夫人じゃなかった。母親の違う弟や、妹がいる。こういう一般の家庭とは違う条件が、幼いころから強いられていたんですよ。このことは、彼の存在理由を刻々と内側から腐食するような不安要素をはらんでいた。

恐らくこういうことがあって、幼い辻井は、当時の軍国思想に近づいていったんでしょうね。彼自身が「私は幼いころは軍国少年であった」と言っています。私は軍国少年ではなかったとは言いませんが、時代の流れに沿っていただけで、幼いなりにそれに対する批判もあった。つまり、ごく中途半端な姿勢だったのですが、辻井は、夢中になって、軍国少年的な行動に走ったようです。ヨーロッパによるアジアの植民地化に反対し、大東亜共栄圏の建設を夢みていたようですね。こういう少年は、当時数多くいたでしょうが、辻井の場合は、それぞれの個人的事情を超えたこういう夢は、彼が抱え込んでいた奥深い不安を乗り越える一つの契機になったのかもしれません。自分の存在の根底を揺るがすような不安を強いられていた彼にとって、当時の軍国主義的な思潮は、彼を高いところにつなぎとめてくれる支えであった、そんな気がします。

ところが、戦後になると、彼が信じ込んでいた、あるいは信じ込もうとしていた軍国思想、神国思想が崩れてしまう。彼を超えたある活き活きとした観念として彼を支えてくれていたものが、一気にひっくり返ってしまったのです。そのとき、その密度を埋めるものとして彼の前に突如現れてきたのが、共産主義思想です。軍国思想と共産主義思想とでは、一見正反対ですが、実はそうでもない。両方とも、ある全体的なものに頼っているという点では共通していると言えます。そういう意味ではごく自然な動きで、軍国少年が戦後になって共産主義に近づくのは珍しいことではなかった。私の友人にも幾人かおりました。軍国少年として過激であればあるほど、熱狂的な共産党員になるんですね。辻井の場合は、それに家庭の問題が関わっていたでしょう。軍国主義も、共産主義も、彼の人間的、家庭的問題と絡み合い、彼の中に二重三重に食い込んできたのですよ。

こんなふうに辻井は、支えを求めて共産党員になったのですが、それで事は片づかぬ。さまざまな事態が、彼を辛い状況に追いつめます。堤康次郎の息子だということで、「彼はブルジョワ側のスパイだ」と言われてしまうのですよ。これはきついですよ。生まれや育ちに由来する不安にゆらぎ、それから脱け出すために身を捧げた軍国思想の瓦解。そういう状態から這い出すために、彼は、今度は共産主義に身を投じ、東大細胞のメンバーにもなるんですが、そういう彼の足もとをすくうように、彼の家庭問題が突きつけられ、スパイ説が浮上するんですからね。このスパイ問題は深刻化して、とうとう共産党を除名されてしまいました。

私は、そのころの辻井については何ひとつ知りませんでした。あとになって、辻井自身や、他の人々が書いたものを通して、だんだん知ることになったのですが、いろいろ知るうちに、辻井の、あの穏やかな、いつも微笑みでくるんだ表情の奥からときとして顔を出す、言葉にならぬ苦痛を抑えているような、暗い表情が分かるような気がしてきました。辻井は、その後、今度は胸を悪くしてしまいます。党員としての運動や生活や、さまざまな心労が、彼を蝕《むしば》んだのでしょう。

軍国少年としても、共産党員としても挫折する、人間としても、重い結核が、彼を生死の間にさまよわせる。こういうことを通して、彼には詩や文学との関わりが、他人にはうかがい知れぬ、ある切迫した深い意味を帯び始めたのではないでしょうか。

『不確かな朝』のころ

辻井が第一詩集を出したのは一九五五年のときです。書肆ユリイカから『不確かな朝』というタイトルで出版されました。冒頭に「闇の中で」という詩が載っています。

闇

截りとられた赤い舌
かつて死を意味した立方体
油虫の
づづ黒い囁きを囁く箱

闇
それは無言の万力
圧縮された無方向
懺悔を拒否する掌

闇
凍つた憤怒
恐怖に転化した憤怒
地下水の音が聞えると
闇は崩れる

闇
終りのない夜を
雨滴のように徹つてくる
足音！

もう一つ『不確かな朝』から引用しましょう。「大学にて」という詩です。

不在を確めるためにやつて来た
夕暮の
大学の構内
高く聳える時計台は
選民《エリート》の象徴

黄色い銀杏は

暗い列をなす
気の故か見たことのある顔が
そこここに覗いているようだ
額に「真理」の印をつけて
　（しかし
　（虚偽の中に住む真実を
　（人々は青春と名づけるのだ

白い鳩の飛ぶ反戦旗
枝にかけられた赤い旗
彼等は奔流し
塔は孤立する
　（願わくは旗が選民の飾りでないために
　（私の不在が確められねばならぬ

赤い煉瓦ブロックの
重々しい合唱は昇天する
大地を杖で確めながら
大学祝典序曲を聞く
（今は青春に対してシニカルにならぬこと
（それが
（私の不在の証明だ

彼のこれらの詩には、ざらついた現実の物質感がある。それからとても性急な感じがする、観念的飢渇《きかつ》がひしめいています。第一詩集としてはなかなかいい詩集ですが、まだどこか観念性が先立ちすぎているところがあって、十分にイメージが熟する前につい言葉にしてしまったところが目につかなくもない。

けれどそれは、辻井が自身の思考と思索の方法を非常に正確に見極めているからではないでしょうか。彼は数々の挫折と深くかかわりあっていなければならず、そういったものから離れて、いわば言語的な構成物として詩を考えることは、不可能なのです。常に自身の問題に立ち返り、そこから改めて歩き出さなければなりません。そんな彼の手法は、あのなんとも言いようのない暗い表情と、どこかでつながっているような気がします。

軍国主義からも、共産主義からも、人間生活からもはじき出されるような状態の中でものを考える。そうすると、生身でじかに感じられる直接的な事実とは簡単に結びつかない。それを表現するとなれば、二重、三重の工夫と刻苦が必要になってくると思います。詩人は、初めのころは物質感とか、情念とか、観念といったものを、さまざまな形で、いわば鏡合わせのように表現することが多いものですが、辻井の場合は生身で受ける事実やイメージに対する信頼が揺らいでいるから、じかに詠《うた》えない。比喩や暗喩としてしか詠えない。じかにものと触れ合っているようなイメージは容易に使えないんです。そんなことが起こっています。事実がみんな彼を裏切ったわけですから。その歩みが非常によく分かります。

『箱または信号への固執』のころ

第一詩集には、確かにざらついた物質感があり、非常に性急な多面的記号があり、情念の持続がありましたが、どうもそういうものでは包みきれないなにかがある気がします。辻井自身が通常の生活から離れてしまったように、言葉も直接的なものから離れてしまう。

離れることによって逆にものを活かすような、そういう方法がどうしても必要になってくる。もう、生《なま》のものは信じようがないのです。

一九七八年に思潮社から辻井が出した『箱または信号への固執』では、「薬罐《やかん》」「傘」「洗濯鋏《ばさみ》」「自転車」「鋸」「揺れる秤《はかり》」「電話器」「箱」「信号機」といった、いろいろな日常の事物に眼差しを集中します。それによって、いわば間接的に、事物を超えたものに運びだそうとしていると言えるでしょう。

雨傘をさす男は
肩をすぼめて小さな宇宙に閉じ籠る
傘は男の掌に握られて
不機嫌な宇宙の屋根になる
小鳥は透明な外界に弧を描き
暗い円筒に猿がぶら下り
その猿の尻尾にもう一匹の猿がぶら下り
少しずつ奈落へ下降してゆく

詩人・辻井喬

水辺に煙る柳は遠のきも近づきもしない
午後の時間が黄ばんでゆく
黄ばみのなかに故里が沈む
闘志が萎える
薄紅色の蓮の花が咲く
竹の林は過去にむかって一せいに腕を伸ばし
西方浄土の輝線を求めて佇む
細い柄が支えているのは空の重さではなく
男の疲れた心だ
風は立竦む悔悟にむかって垂直に吹き
おのれを失うまいと光を包みこむ視野は
荒れた風景のなかで瞬く
突堤には無意味な意志が屹立している
男の影が柔らかくなって
言葉と言葉のあいだに倒れかかる

なだらかに収斂してゆく敗北の残響
霖雨は超越的に優しく降り
傘の下で未来の声が途絶える
男の影が消えても
傘はそのままの姿勢で垂直に立ちつづける
宇宙は黄ばんだまま周囲に拡散する

（「傘」）

先ほどの「闇の中で」「大学にて」と比べてみますと、ここにはあいまいな抒情《じょじょう》、いわば物のイメージに自然に従っているような抒情はまったく見当たりません。傘という一つの事物が彼の中に引き起こすビジョンに、ストイックに集中していく。そういう詩ですね。

ここで彼は第一詩集にあったような事物へのごく自然なもたれかかりを拒《こば》むというか、拒まれていることを自ら示している気がします。もう、事物に対しては比喩や暗喩としてしか近づけない。するとかえって事物はその鮮明な姿を顕《あら》わにする。そういう状態が、彼の中に生まれてきたのではないでしょうか。

これはやはり彼が、人間としての挫折によって深いところまで揺り動かされ、いわば傷つけられたことの自ずからなる表れであろうと思います。じかにものを語れない。じかにものを詠えない。常にそうした感覚が、彼自身の深い喪失と挫折感とに結び付かざるを得ないのですから。そうであっては、事物から離れて、比喩として、暗喩として詠わざるを得ません。

しかしここには厄介な問題があります。暗喩で詩を書くというのは、もちろん方法として可能なのですが、暗喩そのものを自己目的にしてしまうと、ある種の実体化が起こってしまい、あっという間に直接性が入り込んでくるのです。作者自身は暗喩を使おうと思って事物から離れ、離れることによって暗喩の持っている力を引き出そうとするのかもしれませんが、気が付かないうちに直接性を引き出してしまう。

このことに関して辻井は非常に意識的で、それを阻《はば》みもしていますが、ときとして彼が予期しなかった、あるいは彼が拒もうと思っていた直接性が、隠喩的な詩句の中に微妙な形で姿を現すということが起こります。それは辻井を見舞った五つめの挫折と言っていいでしょう。

彼の手法の展開は、自然発生的じゃない。あるいは単に情念の流れに従ったものじゃない。非常に方法的で、段階的で、論理的だと感じます。このような発展の仕方は、あまり他の詩人には見られません。

『たとえて雪月花』『鳥・虫・魚の目に泪』『ようなき人の』

一九八五年には、青土社から『たとえて雪月花』を出します。『箱または信号への固執』の詩は、「傘」や「洗濯鋏」「自転車」「鋸」といったタイトルでしたが、今度は「雪」「月の光」「梅の花」「すみれ」「刺青櫻吹雪」「日日草」「ひまわり」「たちあおい」「菊と刀」「幻花」「あだ花」といったタイトルの詩が集められています。

例えば「梅の花」という詩。さきほどの「傘」と比べてみてください。

花に満ちているのは
厳しい冬を歩いていった先の
春への憧れではなく
耐えることのなかにある冷たさ
そこで咲く暗い眼差しであったか

詩人・辻井喬

目は冴え
凍った平原を渉ってきた風が
柊《ひいらぎ》の垣根や古い家の廂《ひさし》に迷って
遠い時代からの便りのように
ためらいがちに語りかける
季節が変っても
戻っては来ない春を予想して
梅は咲く
たしかな輪郭のはなびらをつけて
枝には雪が積っている
鶯の歌を拒否し
眠らない瞳に映る
繁栄の市
浮びあがる叫喚の巷
そのなかで影のように生れては流れた望み

にんげんの営みはついに虚しかった
移ろうごとくに澄んでいった思惟は
淋しくひそかな自負の鐘を鳴らし
花は馨《かお》る
しずけさのなかに散ってゆくのは
言葉のない声
傷ついた心だけが残って
寒気は平凡な配所へと滑り落ち
あかるい月に照し出されている
節くれだった枝は
いきどおりを凝固させて
旋律はまだ生れそうにもない

このように、梅の花といえども抒情的に現実の梅を詠っているのではないのです。隠喩は隠喩でも、『箱または信号への固執』にある日常生活で使うようなものとは違い、花などの植物を隠喩的に使っています。
さらに、一九八七年に書肆山田から出た『鳥・虫・魚の目に泪《なみだ》』では、「啄木鳥《きつつき》」「千鳥」「鷗《かもめ》」「薄羽蜉蝣《うすばかげろう》」「姫蟋蟀《こおろぎ》」「跳ばない鮎《あゆ》」「夢のなかを泳ぐ魚」「夜の金魚」といった生き物を題材にしています。日常的な事物の次は植物、今度は生き物。これは辻井の仕事が方法的に段階を辿《たど》って一歩一歩上っており、その厳密な思考の成果が詩集であるということを示しているわけです。

夜の金魚は
　友禅の尾びれを振って
みやびやかに
　緑の藻に分け入り
闇のなかに光を探す
　まぼろしか
浮いては消え
　また浮上る

「夜の金魚」はこのように始まります。鳥についての詩は「啄木鳥」を読んでみましょう。

きつつきはたたく　たたく
たすけを呼ぶ技師のように

「私ハモウ駄目デス　モウ駄目デス　駄目デス　赤い帽子
ヲ被ッタ骸ヲ見付ケタ人ハ　落葉ヲ集メテ焼イテ下サイ」

森があんまり静かなので
たしかな地図を手に入れようと
あせり　まどい
凍土を打つ流刑者の杖に見立て
幹をつかみ　くちばしを突き射し

地中から空へ
ひそかに上昇する樹液に交わろうと
ととのった体制の槲《かし》の周辺をまわる
風はなく　見えない衣が翻り
黄色い葉がいっせいに落ちはじめる
くらく深い空間へ

『鳥・虫・魚の目に泪』の次は、またスタイルが変わります。一九八九年に思潮社から出た、『ようなき人の』という詩集です。今度の題材は、人間です。「炉のような人」という瀧口修造さんへの頌歌《しょうか》を読んでみましょう。

世界に入るやわらかな鍵
たとえば　枯木や玩具
　硝石と窓
そして　蝙蝠傘と崖

　あるいは見えない望遠鏡　見える錆

花や鳥は
　それだけで世界だから
　　名付けられないうちは生きている
　　　あいまいに　柔らかに
　溶鉱炉を共有して

しかし　炉はなにものでもない
　そこには　すべてが入ってゆく
　そこから　すべてが出てゆく
　　　虚しい充実の静けさに
　　　溢れてくるのは余白の輝き
　　　　ひそかなだけ　鋭く
　　　　　小さいから　無限へと身構えて

想像の翼を持った時間は
海峡に酩酊して純粋直観の女を狙う
具体的なものに憧れて
「それは　ない」と囁く声を聞きながら
高みを旋回して　風を喰べ
つねに様式から　隕石のごとく離れてゆく
　抛物線を描いて

日常の事物の後に花や鳥、魚を取り上げ、そして今度は人間を題材にする。辻井はこの一連の流れを通して、暗喩の広がりをどんどん強めようとしています。方法論をきっちり意識し、曖昧《あいまい》さはまったく見当たりません。これは彼の仕事において感心すべき点です。私はこの『ようなき人の』が出版されたころからだんだん辻井と親しくなり、特にごく晩年にはかなり頻繁にお酒を飲んだり、しゃべったりしていました。彼が入院するときにも、私に会いたいと言うので、入院前に一緒に食事をしたことがあるほどです。

『わたつみ 三部作』

以上のように辻井の詩は、方法的にはかなり純粋になってきました。しかし同時にどうしても詩集としての広がりが気になってきていたのでしょう、二〇〇一年に思潮社から出されたのが代表作の一つである『わたつみ 三部作』で、これは『群青、わが黙示』（思潮社、一九九二年）、『南冥・旅の終り』（思潮社、一九九七年）、『わたつみ・しあわせな日日』（思潮社、一九九九年）を一つの詩集にまとめたものです。

辻井自身は「長篇詩として、昭和史を書こうと思った」と言っていますが、彼はこの『わたつみ』で、純粋性を獲得するときにどうしても陥ってしまう狭隘《きょうあい》さを超えて、世界全体を包み込めるような詩集を出したいと考えた。そう言っていいでしょう。

彼がこの詩集で重用しているのが、本歌取りです。例えばリルケの『ドゥイノの悲歌』など、古今のさまざまな作家の作品を使いながら、さらに日常耳にするようないろいろな言葉を使いながら、言葉たちと自らの隠喩性をなんとか結び付けている。それによって詩の振幅を広げて、昭和史全体を詩集の中に生かそうとしたのです。これは現代詩人として大変野心的な試みで、前代未聞のことだったと思います。

特にトマス・エリオットという詩人の考え方と、リルケの「古い歌」という作品を非常に多く使っていて、いわゆる引用なんですが、引用しながら少しずつ表現を変えています。変えることによってイメージの広がりを喚起させる力を微妙に増幅させ、言葉と言葉を結び付けることによって、そのつながりを世界全体の複雑な形に相応じるものにしようとする。このようなことが起こるわけです。

冒頭の詩「時の埋葬」の一部分を挙げてみましょう。

「国破れて――」と歌い出したひとがいたが
いまでも山河はあるのだろうか
国境の長いトンネルを抜けると町だったから
どこまで行ったら幻の花咲く道があるのか
智恵子には昔から空がなかったが
もし天に青空があるのなら
タカマガハラ番外地あたりかもしれない
叫びは翼をつけて飛んで行くだろう
大切なのは地図のなかに入ることだ

湖に入って自死した西洋の皇帝のように

「国破れて山河あり」は、杜甫の「春望」ですね。「国境の長いトンネル」は、川端康成の『雪国』からでしょう。「智恵子には空がなかった」は高村光太郎の詩を引用しています。こういったものを引用することによって、単に直接的にイメージを追うだけではなく、引用された言葉と現実の間がまた複雑な表情の交歓を示しています。これが、彼がこの詩集で行った最初のことです。

と思えば、突然次のようになります。「ブラウン管上のゲーム」という詩です。これも一部を挙げます。

蛍だったら光るだろうに
神々を導いた八咫烏《やたがらす》はもうどこにもいない
いるのはヒッチコックの鳥だけ
英雄は次々に現れるが
あの男はきのうは悪代官だったし

その前の週は大金持の事業家だったから
お酒でも飲んで見ていましょう

ヒッチコックの次は時代劇の悪役、そして次の行にふっと出てくるのが「もし私の記憶が確かならば　私の生活は宴でした／だれの心も開き　酒という酒はことごとく流れ出た宴でした」。これはアルチュール・ランボーの詩の一節ですね。ヒッチコックと時代劇とランボーが一緒くたになって出てきます。辻井は一つの系列のイメージを追うようなやり方ではなく、広がりを持たせる。それによって、猥雑《わいざつ》さ、複雑さ、加速力、そしてそれらを喚起する力が溢れてくる。それによって現代の特質をつかみ取ろうとしているのです。続けて読みましょう。イメージが少し変わってきました。

重さのない光景はいくらでも積重ねられるから
事件は手早く解体され過去の紐に束ねられて運び去られる
お定さんも出歯亀も
度重なる政治的暗殺も

杉本良吉と岡田嘉子の恋の越境も
　戦争でさえも風化して
そうだって　とても大変だったたって母ちゃん言ってた
だけどいまは時代が違うじゃゃん　言ってみたって仕方ないだろ

ギョッ　ギョッ　ギョッ

したがって我々は　この手で自由社会の体制を守り抜き
幸せを子供に孫達に伝えるべく党をあげてたたかう事を
暴力革命の脅威に対抗して　みなさんと共にその先頭に

ここらでちょっとお報せを

ただいまのは三十年前の政見放送のひとこまでした

神様　お電話下さい

だから言ったでしょ　子供ができたらどうするのって
そんなにあたいを責めるんならミソギするわ
（黄泉の国から帰ったイザナギのように）
そうしたら　アマテラス　ツキヨミ　スサノオが生れるんよ
まあ　なんという恐しいことを
神代と現代は違います
だって　恋は神代の昔からって言うじゃん

ああ　やっぱり

このように、まことに端倪《たんげい》すべからざるイメージの飛躍と結び付きがあります。昭和という時代が持っているいろいろな要素が思いもかけないところで絡み合う。突然古代が出てきたり、日常の描写が入ってきたり、政党の政見放送を伝えるアナウンサーの台詞があったり、擬音が入ってきたり、ランボーが入ってきたりする。それが、まことに複雑でみずみずしい効果を生んでいます。

しかしこれは、ある一つの視点から、一つの時代、一つの社会というものを描くのとは異なったやり方で、昭和という時代の独特な文明の形をそのまま示そうとする、非常に野心的な試みなのです。

この詩集は、そういう生活の描写がなされるだけではない。さまざまな死者が語られる。つまり戦争で死んだ無数の人々、日本の兵士たちや戦争によって亡くなったアジアの人々、そういうさまざまな人間に対する一種の鎮魂歌でもあるという趣《おもむき》を呈してきます。死者と、死者に支えられて推し進められてきた現代、その生活のあり方といったものすべてを彼は取り上げて、無名の死者たちを鎮魂しようとしている。そういう側面もあるのです。

このような詩もあります。三部作の二つ目として収録されている『南冥・旅の終り』の冒頭、「仰角砲の影」の一節です。

落ちてゆくたくさんのひと　ひと　ひと
ひとは村を離れ　仲間から離れて

それでも群がりながら消えてゆく
最後の突撃で死んだ日と同じように
たぎっているのは見えない色
そしてそれぞれの形
遊星が軌道を回るのはどんな法則によってなのだろう
夏が過ぎれば
やがて季節は秋から冬へ
この南冥に横たわる島でさえも
宇宙の風が吹いてくる午後
訪れるひともない渚に立てば
あまりに明るい空の下に塵は集り
まるで悲しみの粒子ででもあるかのように
声も立てず輝きもせずに散ってゆく
それは歴史と呼ばれている形のないものの意志によって
あるいは無恥とも書かれる無知によってなのか

漂い流れ辿りついた椰子の実でさえ
果てしらぬ時の終りにひとを殺す夢を見るというのに
私は死んだのだから
記憶が風化しても
怒ったり悲しんだりする資格はないのだと知る

ここで辻井は文明論と鎮魂の試みを、そして現代と過去とを結び付けようとして、日常の言葉を動員しています。それは辻井自らがこれまでの作品で示した日常のさまざまな事物、生き物、人間についての言葉です。それらを一気に流し込みながら、全体を調和させようとしている。さらに兵士や、戦争で亡くなった人々の死を踏まえながら、全体によって昭和という時代そのものを記録しようとしています。この詩集は、詩集としては必ずしも成功したとは思いませんが、失敗を恐れずこの境地へ切り込んでいった姿勢は感服すべきだと思います。

『自伝詩のためのエスキース』『死について』

その後、彼はだんだん自分自身に立ち戻っていくかのように見えます。二〇〇八年に思潮社から出た『自伝詩のためのエスキース』は、なかなか一筋縄ではいかない詩集です。例えば「スパイ」という詩があります。過去、彼は共産党に献身したにもかかわらずスパイ扱いをされたことは先ほど述べました。それについて、彼は単に怒っているわけではなく、こんな形で取り上げました。「スパイ」という詩です。

そっと質問するがあなたは知っているだろうか
世界中のスパイが故郷を愛していることを
そこで行われる祭りの光景　田舎の結婚式
子供たちのその地域だけの遊び方　迷信
その気持には多分郷愁が混っている
そうして自分をそこから引離し　追い立て
亡命の心境へと落し込んだ者への憎しみも
いつでも変革は悲劇を生む
そのうえ大衆の狡さと健忘症

それに今までの指導者の凡庸さを浮び上らせて

スパイは敵対する国の中にいるばかりではない
怪し気な命名だが良心と実利の間
美と醜の間にもいて忙しく行き来する
立場が変れば正と邪が逆になることを
どんないきさつからかはそれぞれとしても
早い年頃の時に知ってしまったから
歩く姿はいつも内側に三角を抱えている
そしてじっとしているとたちまち弱法師《よろぼうし》になる
能面を被るのは彼の日常のスタイル
ひそかに「満月青山は心にあり」と念じながら

継母の言いつけで少年は家を追われ
悲しみのあまり視力を失って乞食になったと

それは中世の物語りだけれども
スパイだという指摘で僕は党を除名された
しかしこの場合常識は讒言を信じた
ブルジョアの息子が共産党に入ったのだから
それは虫酸の走る軽薄さ
ふざけんじゃねえと言いたいほどの事だったから
自分でも誤解は無理もないと判断した
この際はじっと耐えるしかないと思っている時
善良な友はわざわざ真意を聞きにきた
いったい何を考えていたのかと
自分が納得のいく答を僕から引出そうとして
好意的な態度に自信を持っている者の執拗さで
だから棲家を失ったスパイの魂は
いまでも平和の赤い門の上で羽撃いている
鳩と見違えそうな小さな鷲になって

これがスパイ誕生の物語り
他愛のない話なのだが油断はできない
羽撃きながら彼は自由であることの不運について
正直であることの危険について思案し
いつも態度を留保する人間のことを何と呼ぶのか
スパイ予備軍　潜在スパイなどと首をひねり
階級性と感性がズレてしまう人間を
同一性障害者と呼んでもいいのかなどと
つまらないことを考えているのだから
（中略）
法の支えがなければ正義感も萎えてしまう
いま故郷にはそんな人間ばかりが住んでいる
とても滅んだ国を建て直すような元気はない
むしろ苦労する独立よりはどこかに従属して
豊かさを満喫できればその方がいいと思っている

もともとスパイにはそんな偽の平和論など必要ない
僕の心が揺れる場合はただひとつ
あいつは自分と同じように故郷から追放された
行きどころのない奴なのだと知った時
しかしこの秘密を知っている人間はごくわずかだ
犬は鼻を付き合せて相手の匂いを嗅ぐが
そうした動作なしにどうして同質者を見分けるのか
どうかそんな質問はしないでほしい
すれ違っただけで相手が男好きの男だと分る
それと同じことなのだ真剣に生きていれば
相手も遠いところに家族を置いていると知ると

このような形で自分のスパイ性を取り上げていますが、讒言《ざんげん》によってスパイ扱いされ、敗れ去ったことに対する単純で幼稚な怒りはみじんもないでしょう。問題全体を自分の存在の奥深いところと結び付けて、しかもそれをさらに人間全体にあるスパイ性とさえ結び付けて、表現しているのです。
「スパイ」の他にも、例えば「影のない男」という詩があります。影のない男というのは、自分自身のことです。常識と素朴な確信を持ち、そして素朴な自然観で生きているのが影のある人間です。しかし自分は、一人の人間として光が当たれば影を持つような、そういう存在ではなくなってしまった。

過去があるだろうか
ずっと時間が続いていて
だから今があると言えるような
僕の影と形を作っている過去が

過ぎた時間に呼び掛けることはできない
ただ記憶を取り出せるだけだ　川原の石を盗むように
あるいは竹林で筍を掘る仕草で
他人の過去を盗む者もいるようだが

どう考えても虚しい試みだ
村も国ももう過去を持っていないのだから
まれに遺族や家族が持っていると主張したとしても
なかなかお宝と言う訳にはいかない

辻井は詩人でありながら西武セゾングループの総師でした。これは、詩人でありながら学校の教師であるとか、中小企業の社長であるといったこととは次元が違ってしまいます。詩人としても経営者としても、そのあり方を極限まで推し進めましたから、単なる二つの偶然なる履歴では終わらない。それぞれがもう一方を深いところから突き崩すような、危険な存在であり続ける。そんな矛盾に溢れた自分というものを、どんな形で詩のイメージに結晶させるか、成熟させていくかということが、辻井の課題だったわけです。彼はこの詩集で、自分自身の最も奥深いところに触れようとしました。

辻井が詩集である文学賞をとり、私がスピーチを頼まれたことがあります。そのとき、みなさんの前で「そこで辻井がにこにこ笑って何気ない顔をしているけれど、よく見てごらん、彼には影がないよ」と言ったら、みんな一斉に辻井のほうを向きましたね。その後、みんなで笑いましたけれど、「影がない」という言葉は、辻井の存在そのものが持っている曖昧さや危うさをかなり正確に表していると感じます。そんな彼が否応なく死に近づいていくからこそ、昭和史を書き、自分自身の生涯を自伝的エスキースに書いたあとは、死について書くわけです。すべて偶然の成り行きでありながら、一連の流れの中には、並々ならぬ論理的な追究が見てとれる。一つ一つの詩集において、彼の思考の展開と成熟が自ずから姿を現している気がするのです。

最後、辻井の遺作となった詩集『死について』の中に、私がとても好きな詩があります。次のように始まります。

光が別々の方向に走り去ること
それが別れだと思っていた
しかし一方が消えてしまうような
そんな別れもあるのだった
それは意志を持って別れるのではなく
別れさせられるのでもない空間の出現なのだ

どんな人でもいずれはそのなかに入るのだが
その空間の佇まいについては
戻って来た人がいないので分らない
（中略）
そう遠くないうちに僕も入るその空間には
雲が流れているだろうか
緑が滴って澄んだ水に映っているか
ひとりで去っていくのは別れのひとつの形
それは微風が欅の梢に揺れているようなもの
あるいは遠ざかる鈴の音を追う耳だけの緊張
切ないけれどもそれだけのこと
美しい別れもあれば朽葉が落ちるような時もあって
去る人が別れの空間に入るとは限らない
こちらが入る場合もあるのだから

（「別れの研究」）

辻井のがんは手術不可能な場所にできました。彼は入院した際にそれを知らされて、医師に「執行猶予ですか」と言ったところ、「人間はみんな執行猶予ですよ」と、したり顔で返されたとか。彼はがんと闘う中で、今度は自分自身の生ではなく死と向き合って、生涯最後のまとめをしようとしました。

彼が亡くなったとき、私は読売新聞に追悼文を頼まれました。その結びに、「こういうことを書いていると、辻井の『そう遠くないうちに僕も入るその空間には、雲が流れているだろうか。緑が滴って澄んだ水に映っているか』という詩句を思い出す。辻井、君は今どこにいるか」と述べたところ、感動してくれた人が多かったようです。

今、改めて辻井に言いたい。辻井、君は今どこにいるかと。そう呼びかけると、辻井の詩集にしみとおっている悲しみや苦しみや喜びや、その他いろいろなことが改めて活き活きと甦ってきて、私に語りかける気がします。

辻井喬＝堤清二という人間

松本健一

松本健一（まつもと・けんいち）
評論家、思想史家。一九四六年群馬県生まれ。東京大学経済学部卒。法政大学大学院博士課程満期退学。麗澤大学教授などを歴任。著作に、『若き北一輝』『竹内好論』『大川周明』『開国のかたち』『評伝　北一輝』など多数。二〇一四年十一月歿。

北一輝の評伝を文学と評価

私は一時期、文芸評論家として活動し、文学的な評伝を書いていたころがありました。『評伝 北一輝』（全五巻、岩波書店、二〇〇四／中公文庫、二〇一四）を出したときには、毎日出版文化賞人文・社会部門の候補に挙がり、選考委員を務められていた辻井さんが「これは、もし人文・社会部門で通らないというのであれば、文学・芸術部門で通したい。それだけの文学性もある。そういう作品である」とおっしゃってくださったことが、記憶に残っています。『開国のかたち』（毎日新聞社、一九九四年／岩波現代文庫、二〇〇八年）の解説を辻井さんが書かれた際にも、その冒頭には「松本健一は歴史学の中に屹立する思想家である」とあり、続けて『評伝 北一輝』について述べてくださいました。

「歴史は事実を研究する科学である」と言ったのは戦後のマルクス主義者たちでした。科学的な事実に基づいたものでないと歴史学と認めない。彼らはそのように歴史を捉えていました。しかし、歴史というものは、実は物語であると私は思っております。

かつて『歴史という闇――近代日本思想史覚書』（第三文明社、一九七五年）という評論を書いたことがありますが、歴史というのは「ヒストリー（history）」ですね。history（ヒストリー）には、hi-story（ハイ・ストーリー）、もしくはhis-story（ヒズ・ストーリー）と、「story（ストーリー）」が入っています。ヒズ・ストーリーという形で解釈をすれば、「彼の物語」。「私の物語」ではないのはなぜか。文学というものはたいがい、「私の物語」を三人称で書きますね。「私」の感情をある人物に託《たく》して、ある事件に託して語ることになりますから、「彼に託して語る」、すなわちヒズ・ストーリーである、ということになります。いずれにしても、歴史は物語です。

もう少し古典的な解釈をしますと、ヒストリーは「ハイ・ストーリー」。つまりストーリーを超えたところに成り立つものであるということになります。「私の」であるとか、「彼の」といった個人的なストーリーを超えたところに一つの時代の物語がある、歴史の物語があるということです、

そのように考えれば、西洋の場合には、政治家であるウィンストン・チャーチルが著書『第二次世界大戦』（全六巻）として戦争の歴史を書いており、ノーベル文学賞を受賞しています。そのような形で、ヒストリーというものは、明らかに文学として認められているわけです。

ですから、私自身、『評伝 北一輝』を歴史の記述であるとは考えていません。私が見た北一輝を描いた物語であると考えれば、それはストーリーでありますから、文学であると解釈されても一向に差し支えない。

そういう意味で言えば、辻井さんは『評伝 北一輝』を科学的な事実に基づいて確定した歴史ではなく、ストーリーであり、文学であると解釈してくれたのです。そのように解釈をしてくれる人は、今の世の中では少ないですね。特に戦後マルクス主義の影響が非常に大きかった時代に育ってきたわれわれの世代には少ないと思います。

私は東大の経済学部出身ですが、私が学生だったころ、経済学部の大学教授の四分の三はマルクス主義者でありました。財政論もマルクス主義者が教えていたのです。マルクス主義者に財政論ができるかどうかというのは非常に大きな問題ですが（笑）、とにかくそのように戦後マルクス主義者が非常に大きな役割を果たしていた時代です。

なぜ戦後においてマルクス主義者がそれだけ大きな力を持ったかといえば、戦争は必ず失敗すると戦前から予言していたのがマルクス主義者だったからです。戦前においては日本の国体や神話といったものを信じて、神州不滅の物語が国民の中に浸透していました。皇軍不敗、天皇の軍隊は絶対に負けないという信念を持ってアジア大陸に進出していったのです。しかし戦争には負けてしまい、「やっぱりマルクス主義者の言っていたことのほうが正しかったんだ」と人々は大いに納得した。辻井さんにおかれても、共産党員になって革命運動に参加していました。

私は案外早くから仕事をしています。二十四歳（一九七一年）で最初の本を出して、今六十八歳でありますから、四十四年の間執筆活動を続けてきました。著書は百四十冊を超えています。初めて書いた本が、『若き北一輝――恋と詩歌と革命と』（現代評論社、一九七一年）という本でありました。

この『若き北一輝』が出る一年前、一九七〇年にはたいへん印象的な出来事がありました。三島由紀夫の自決です。三島の亡くなったのは十一月二十五日、辻井さんの命日も十一月二十五日と聞いています。これは非常に大きな物語性を持った事実だと感じます。例えば丸山眞男さんの命日は八月十五日です。これは終戦の日ですね。この符合は象徴的です。もしかしたら、この日に亡くなったことにしてほしいと家族に頼んで逝った可能性もあります。辻井さんの場合にも、非常に象徴的な日を選んでいるのかもしれません。

北一輝の命日は、処刑された日ということになります。これが昭和十二（一九三七）年の八月十九日です。この処刑日について、長らく誤った情報が出回っていました。処刑された元の原因が二・二六事件ですから、二・二六事件の起こった昭和十一（一九三六）年の八月十九日に間違いないという思い込みがあったのです。竹内好《よしみ》さんが作った『アジア主義』（現代日本思想大系第九巻、筑摩書房、一九六三年）の年譜でも、北一輝の処刑は昭和十一年八月十九日であると記されています。しかし正確には、昭和十二年八月十九日なのです。盧溝橋事件の一カ月後ということになります。

二・二六事件と処刑とが頭の中で結びついてしまうと、昭和十一年であろうということになる。『アジア主義』が出てから、私が北一輝の本を出すまで十年余りが経過しているわけですが、その間、だれも訂正をしませんでした。そういうことが起こったわけです。

初めての著書に、一生のテーマとなる北一輝を題材に選んだということにおいて、私は間違っていなかったと思います。しかし一方では、「北一輝などという人物を研究する者は右翼である」という評価が最初から付いて回りました。北一輝は、戦前においては極右であるとかファシストであると言われ、戦後になっても、実は軍部を戦争に引き入れた人物であるといった、誤った印象を持たれていたからです。

そのころ、世界はまだ冷戦構造のただ中にありました。辻井さんは「松本君はどういう形で仕事を始めたかというと、竹内好、橋川文三の流れを引いていて」と書いていますが、まさにこの二人の恩師ともいうべき人物によって私は北一輝にたどり着いたと言えます。弟子とまで言えるような間柄ではありませんが、『橋川文三著作集』（全八巻、筑摩書房、一九八五―一九八六年／増補版全十巻、筑摩書房、二〇〇〇―二〇〇一年）や『竹内好全集』（全十七巻、筑摩書房、一九八〇―一九八二）の編集を私がしているほどです。

この二人の流れを汲《く》んでいると思われたことにより、橋川・竹内両氏が執筆拒否をしていた「中央公論」からは、原稿の執筆依頼がなかなか来ず、初めて依頼を受けたのは物書きになってから二十三年後のことでした。本日、岩波書店の社長をされていた山口昭男さんがいらっしゃっていますが、『評伝 北一輝』を出すまで、一度も岩波からは本を出しておりません（笑）。

そういったイメージや私の人脈、思想の流れから考えると、堤さんと交流することになるというのはなかなか考えられません。堤さんは若いころから西武の中心的な人物として著名であり、一方で辻井喬という名前で詩集や小説を出し続けてこられたわけです。しかし私には、現代詩を読む習慣がありませんでしたから、辻井さんの活動については、初めはあまりよく知りませんでした。

堤さんの名前に直接触れた最初の機会は、竹内好さんのご葬儀のときでした。これについては、また後で述べましょう。

あのころの「東大経済学部」

辻井さんも、私と同じく東大の経済学部を出ています。堤さんがインターコンチネンタルホテルを買収した後、そこでよく会合が開かれましたが、あるときその話になり、辻井さんが「東大の経済学部って、経済学者で大成した奴はいないんだ」と言ったことがありました。言いすぎかとも思いますが、戦前は皇国経済学、満州経済学などという言葉があり、要するに国策をどのように決定すれば戦争に勝つか、満州でどのように生産力をあげるかといったことを研究していたのが経済学です。東大の総長になった大河内一男《おおこうちかずお》さんは「太った豚にならずに痩せたソクラテスになれ」と格好いい言葉を吐きましたが、あの人は私たち全共闘世代にとっては敵でした。戦前は国策に関わっていた、生産力主義者じゃないかと批判していたのです。経済学者たちは、どのような思想の持ち主であろうと、戦中においては戦争に勝てるような経済政策を考え、戦後になると高度成長のために経済至上主義へと加担したわけです。その代表例のようなものが、大河内さんでした。

あのころの全共闘世代について、「なにを馬鹿なことをやっているんだ」という感想を持たれた方もずいぶん多いでしょう。今年（二〇一四年）の一月三十日、私はＮＨＫの「クローズアップ現代」に出演し、「大学紛争秘録」というルポの解説をしました。キャスターの国谷裕子さんは、たいへん聡明な方ではありますが、帰国子女であり紛争当時は国外にいたということで、リアルタイムでは経過を知りません。すると、映像だけで見れば、覆面をしてマスクをして、ヘルメットをかぶり、棍棒《こんぼう》を持ってわっしょい、わっしょいとやっている学生たちですから、「どうしてこんな暴力学生が生まれたのですか」といったことを言う。しかし、機動隊に対抗するためには、向こうはガス弾を持っているわけだからマスクが必要だし、ごぼう抜きされないように全員で角材を抱えていなければならないし、いつ殴りかかられるか分からないからヘルメットが必要なのです。

あるいは「キャラメル・ママ」という現象もありました。安田講堂の攻防戦のときに、運動家の学生に母親たちがキャラメルを配って歩くのです。運動をやめて学業に専念してほしいという意味ですが、学生たちの言い分も分かってくださいと、報道陣や機動隊にまで配っていました。

私は一九六八年の三月に卒業し、その八カ月後に安田講堂事件がありましたので、会社の人たちがテレビを見ながら「松本君、学校に帰らなくていいの？」とシンパシーを持って話しかけてくれました。そういう時代でしたと国谷さんに告げましたら、「そういうことはこの映像からは分かりませんね」と言われました。

あのとき、学生たちが主張したのは、学問の独立についてです。戦前、国策としての戦争に加担するエリートをたくさん作り出してしまった東大は、その反省を十分にはしていない。今度は戦後の経済至上主義に加担する学者を作るのが東大の使命なのか、学問の自由があるはずではないのか、そういう主張が我々にはありました。

経済至上主義を強く押し出すことのない場所に就職するために、大学を出たら経済界へ入るということになるとすると、これは産学共同路線になります。今は産学官共同路線ですね。その結果としてなにが生まれたか。あの原子力村です。国家の原子力政策に協力をする大学に、研究費がたくさん支給されます。そしてずっと研究を続ければ、東大の教授になった後に原子力安全・保安院の院長などになるという形で、次のポストが必ず回ってきます。それが終われば今度は東電の役員になるといったような天下り方式は、果たして許されるものなのでしょうか。

当面はそれでどんどん高度成長が続いていましたが、問題はすでに起き始めていたわけです。例えばそれは公害問題、環境汚染問題、農村の過疎です。「農村の過疎」という言葉ができたのは、一九六六年のこと。一人の男子だけが農村に残り、あとはみんな「金の卵」と呼ばれて都会に出て行く、そんな時代でした。今の限界集落は、国の経済政策が生み出したのです。

官僚は、子どもの声の聞こえない限界集落が生まれてしまうということを、数字としては知っていました。しかし自身が担当であるときに問題が発生しなければ、まったく責任を取らない。戦争のときにも、原発事故のときにも、官僚は記録を残していません。記録を残すと、だれが判断し、だれが決断したのか、責任を問われるべきはだれなのかが明らかになってしまうからです。責任を問われない方法というのを、一番よく知っているのが官僚です。こういう体制ができあがるのが、一九六〇年代ではないかと思います。

経済学部の先生は、それほどいい加減なのです。そしてその学生もいい加減であります。一生懸命、先生のお気に入りになろうと思って鞄持ちをやり、大学教授になり、政府の諮《し》問《もん》委員会に出て、政府の役人になって、場合によっては、これは経済学部ではありませんが東大総長が文部大臣になる。何人か名前を思い浮かべられるでしょう。そのような形で、東大経済学部はそのときどきの国策、国益に協力する形をとってきました。

そこで辻井さんが、そのときには堤さんとしていらっしゃったかと思いますが、「東大の経済学部って、経済学者で大成した奴はいないんだ」と言い、そのあと「東大の経済学部出身で、ちゃんとした仕事をしているのは、すべて経済学の仕事をしていない奴だ」とつなげたのです。「柄谷行人《からたにこうじん》、西部邁《すすむ》、柳田邦男、そして松本君。これは全部経済学部出身だけれど、経済学の仕事はしていない」と言っていました。

東大の経済学部はこのようなところですから、当然そこから共産主義運動へ入っていく人も多くなります。社会思想家の生松敬三《いきまつけいぞう》さんが亡くなり、追悼出版記念会が行われたときのことです。追悼記念の本に私が書いた書評も収められるということで出席したのですが、堤さんと網野善彦さんも参加されており、「われわれはみな共産主義運動に洗礼を受けました」と言っていました。

堤さんは、昭和二十四（一九四九）年、二十二歳で共産党に入党します。そのときから共産青年同盟に加わっているわけですが、これが大学に「細胞」というものを作り、勉強会を行います。勉強会では共産主義運動がなぜ必要か、共産党がなぜ正しいのか、世界はこれからどうなっていくのかを議論するのですが、そのときオルグに来たのが色川大吉さんであったと、堤さんから聞きました。勉強をさせてもらう側には、渡邉恒雄《つねお》さんがいることもあったそうです。そこに、衆議院の議長まで務めた堤康次郎さんの息子、清二さんが加わるわけですから、エリートの中のエリートが集まっていたわけです。

透き通った文章と広い視野

先ほど少し申し上げましたとおり、堤さんの名前に初めて直接触れたのは、竹内好さんのご葬儀のときです。一九七七年のことでした。葬儀に集まっていたのは丸山眞男さん、野間宏さん、桑原武夫さん、それから井上光晴《みつはる》さん、谷川雁《がん》さん、埴谷雄高《はにやゆたか》さんといった著名人たちでした。私などは当時三十歳の駆け出しでしたが、一九七五年に『竹内好論——革命と沈黙』（第三文明社／岩波現代文庫、二〇〇五年）を出していたため、そのグループに入れてもらい、思い出話に耳を傾けていました。

ご葬儀に堤さんの姿は見えなかったのですが、一番大きな花輪が西武百貨店の堤さんのものであり、竹内好さんとは精神的に同志に近いような思いを持っている関係性なのだということを、そのとき初めて知りました。考えてみれば、戦後の革命運動や平和運動をともに行っている人々が集まっているわけですから、なるほど年齢は少し離れているかもしれないけれど、つながりがあるのだなということを自覚したわけです。

同じころ、『岬』で芥川賞をとった中上健次と、ＮＨＫのテレビ番組「若い広場」で共演したことがありました。そのとき、中上から「松本よ、お前ね、北一輝とか、二・二六事件とか、あるいは三島由紀夫とか、そんなものばかり書いていないで、同時代の我々の文学も批評してくれ」と煽動《せんどう》されたのです。そのころから、私はなぜ文学部に行かず、経済学部に入ってしまったのだろうかと悩むようになりました。

少し思い出話をすることをお許しください。私は群馬県の前橋生まれです。祖母は萩原朔太郎の妹と同級生です。この朔太郎の妹が、後に三好達治の妻になるわけですが、町を歩いているとみなが振り返るほどの大変な美人でした。祖母は鼻が低く、自分の容姿にコンプレックスを持っていましたので、朔太郎一家を憧《あこが》れの目で仰ぎ見るようなところがあったそうです。

萩原家へ遊びに行くと、朔太郎が昼間の二時や三時にボーッとした顔で起きてきて、マンドリンを弾き出すのだそうです。徹夜で詩を書いているから朝は遅く、昼間は仕事をしない。あれが文士だと。祖母には強烈な印象を残したようで、私が文学部へ入りたいと言ったとき「お前、文学部なんか行っちゃ駄目だよ。朔太郎のような三文文士になってどうするんだ」と反対されたのです。私はそんな話を聞かされたので、「たしかに食えないかもしれない」と思い、経済学部に志望を転向してしまいました。それから学生になったのですが、経済学部へ行って失敗してしまったような気がし出してしまい、親しくしていた文学者の井上光晴さんに打ち明けたところ「そんなことないよ。実社会のことが分からないで文学者になったところで意味ないんだから。頭の中でこね上げるような、そういう文学になっちゃうんだから」と言われました。

井上さんの小説は、言ってみれば現実社会を知りすぎた人の小説であるように感じます。あらゆる現実社会のごった煮のようなもの、下層のルサンチマンのようなものがすべて小説の中に登場して、ドラマを形作っているのが井上さんの小説です。辻井さんの文学はまったく違います。下積み時代の苦しみや、出世したら今度は下の連中を差別し出すといったことは一切書かれません。その点、井上さんの『地の群れ』（河出書房新社、一九六三年）という小説や、『すばらしき人間群』（近代生活社、一九五六年）という詩などとは違います。ルサンチマンとはまったく無縁のところにあり、透き通っているかのような印象があります。

辻井さんの小説『彷徨の季節の中で』（新潮社、一九六九年／中公文庫、二〇〇九年）では、常に気品があり、悲しい思いをしていてもじっと耐え忍び、そして和歌の中にその思いを発散させていく母親の姿が描かれています。対して父親の康次郎さんは、言ってみれば立身出世型の人物です。近江の貧農の家に生まれたので、強烈なコンプレックスを持っていますが、最終的には衆議院議長になる。清二さんのお母さんは、はじめはお妾《めかけ》さんでした。その立場のために辛い思いをしている顔を、堤さんは幼いころから毎日見るわけです。そんなコンプレックスや恨みつらみがちゃんと出てきます。

しかしその後の作品では、もっと広い視野で世界が捉えられています。『虹の岬』（中央公論社、一九九四年／中公文庫、一九九八年）や『父の肖像』（新潮社、二〇〇四年／新潮文庫、二〇〇七年）では、お父さんのことについてはかなり酷い言い方をしていますが、能や謡曲、あるいは中国などを題材にしたような小説は、中国を虐げてしまった日本人について、また中国側の恨みつらみを察知して書かれています。

中国に対する日本の宿痾を受け止める

日本にとって、中国というのは必ずだれもが突き当たらなければならないテーマです。幕末までは日本は中華思想の秩序のもとにありましたが、明治以降、西洋文明というスタンダードに基盤を移していったわけです。そうしなければ、面積では中国の二十五分の一しかなく、人口としても十分の一でしかないような日本が独立を保てたかどうかわかりません。中国でさえも、青島はドイツ、大連はロシア、香港はイギリス、重慶はアメリカが支配するという具合で、ところどころが実質的に植民地になってしまっていましたから。

しかしイギリス側は、「われわれが上海に国際貿易港を作ったことによって中国に発展をもたらしたのだ」と言っていました。それも、ある側面からすれば当たっています。アヘン戦争が起こる前の上海は人口が二千人なんです。今、二千万人を超えていますから、一万倍です。日本でも同じようなことが起こっています。横浜の人口が、幕末のときには八百人。対岸の戸田村まで入れても、二千人しかいませんでした。それが今や三百五十万人の大都市になっています。日本全体の人口は、幕末のときには二千六百万人。今は一億三千万人ですから、五倍になっています。中国はどうかといえば、そもそも三億人からの人間がいましたが、それが今や十三億から十四億人もの人口を抱えていると言われていますす。一人っ子政策により戸籍を与えられない第二子や第三子、「黒孩子《ヘイハイズ》」と呼ばれる人々も、以前は一千万人はいるであろうと言われていましたが、実際は一億五千万人ほどはいるであろうとされています。

日本がスタンダードを中国式からヨーロッパ式に改めたときに路線の舵《かじ》切りをしたのが、戦前は福沢諭吉さんで、戦後は丸山眞男さんです。福沢諭吉さんの有名な論文の一つに、

「脱亜論」があります。いつまでも中華文明の、儒教の影響下にいてはならない、それでは必ずヨーロッパの植民地にされてしまうから、独立を保つためには必ず西洋文明を取り入れなければならないと説いています。つまり近代化の過程においては、ヨーロッパとそっくり同じように振る舞って、中国や朝鮮と友達付き合いをするなということです。ヨーロッパと同じようにすればいいと言っているわけですから、日本は「ヨーロッパが中国を植民地化しているというのであれば、われわれはまず青島を陥落してドイツの利権を手に入れよう」ということになり、第一次世界大戦に加わります。日本はその前に、すでに中国と戦争し、台湾を割譲させています。さらにロシアの持っていた大連を奪い取り、中国をだんだん植民地化していくわけです。

中国侵略、アジア侵略が決定的になるのが、第一次大戦まっただ中の対華二一カ条要求です。これは、青島を中心とする権益は日本にすべてよこせという要求でした。中国の平和が保たれていないので、平和を守るために日本軍を派遣する。そして日本人もたくさん住んでいるので、日本人の生命、生活、治安を守るために日本の警察官を派遣する。そういった条目が含まれていました。

日本が中国とアジアを切り捨ててきたという歴史は、日本がずっと持っている宿痾《しゅくあ》のようなものです。そして、この問題を受け止めようとしたのが辻井さんです。辻井さんは、日中友好協会の会長もしていました。辻井さんが最初に中国に行ったのは一九八一年、井上靖さんとで、五十四歳のときだそうですが、その後はほとんど毎年のように行くようになります。

私も、辻井さんと一緒に中国へ行った思い出があります。もちろん交通費などの基本的な旅費は自分で負担しましたが、辻井さんは日中友好協会の会長ですから、国賓《こくひん》の待遇を受けました。

私の他に作家の加賀乙彦《おとひこ》さんなど数人が、辻井さんに同行したときのことです。北京のホテルで夕飯を食べた後、私が宴会の買い出しのために夜の街へ一人繰り出そうとすると、辻井さんと加賀さんが「どこへ行くの?」とやってきました。「ホテルでビールを飲んだって、お茶を飲んだって高いでしょう。街へ行けば、ものすごく安いんですよ」とお二人に説明すると、「松本君、街に一人で出て怖くないの?」と言う。

「怖いもなにも、私は昔からそうですよ」と告げると、「それで、街でなにをするの?」と問われたので、「街の中をブラブラして人の顔を見るのも楽しいし、そこで物を買うのも楽しいんです」と答えました。するとお二人が、一緒に行きたいと言い出したのです。

二人とも、夜の北京は怖いのではないかと警戒していたようでしたが、私は中国で一年間教鞭をとったことがありますから、買い物くらいはできます。

二人を案内すると、加賀さんがあるお店で「え？　このブランデー、こんなに安いの？」と驚いていました。私は「でもね、これはやめた方がいいと思うんですよ。なぜかと言ったらね、中国製って書いてあるでしょう。そして“True Brandy”とある。『真実のブランデー』『本物のブランデー』、普通はそういうことを謳《うた》いませんよ」と言い、止めました。悪口は言いたくありませんが、中国はなんでも偽物を作るのがうまいですよね。しかし、日本なら通常一万円ほどもするＶＳＯＰに、三千円の値札が付いているわけです。私が「ちょっとやめた方がいい」と止めるのを、加賀さんは「安いんだからいいじゃない」と買ってしまいました。

すると辻井さんは「じゃあ僕は、果物を買う」と言って、カットマンゴーに手を出そうとしました。どこでいつ切ったのかもわからないマンゴーです。中国はまだ肝炎などにかかる可能性がたくさん残っていますから、私は「それはやめた方がいいです。自分たちで皮をむけるミカンとかブドウとか、そういうものにした方が」と止めました。

辻井さんは私の注意を感心するように「そうか、そうなんだな」と言いながら街を歩いたり、屋台の餃子を「これは食べても大丈夫なの？」と私に聞いたりして、それからは滞在中、毎日三人で夜の街を歩いていました。

そのとき、辻井さんも加賀さんも、いわゆる庶民的な生活には慣れていないのではないかと、ふと気づきました。辻井さんは言うまでもない成功者ですし、加賀さんの祖父は病院長、そして加賀さんは高級社員の息子ですから。

「存在被拘束性」の重さ

庶民的な生活をしていなくても、恨みやつらみ、悲しさや悔しさといったものは、当然辻井さんにもありましたでしょう。しかし辻井さんの小説には、そういった感情があからさまに出てくるようなシーンはあまり見当たりません。それらはきっと第一級の世界文学作品を読むことによって昇華し、解消してきたのではないかと思います。現実には、そういった世俗的な感情、汚らしい感情があるけれども、そういうものは見たくない。そう思っていたという意味においては、いわゆるロマン主義者であると言えるでしょう。

ロマンというのは心の中で燃える夢、火花のことだと言ってもいいでしょう。しかしもう少し詳しく言えば、美しいものを見ようと思ったら目をつむれ、真実を知ろうと思ったら目をつむれ、これがロマン主義の精神です。あの人が一番美しかった時代の笑顔をすっと思い浮かべる。まだ工場が一つも建っていないころの故郷を思い浮かべる。この精神の構えがロマン主義なのですが、そのようなことをやっていたら、世間では生きていけません。特に堤さんのような人ならなおさらです。会社を売ったり買ったりしていたわけですからね。将来性があるか、立て直しができるかということを冷徹に判断しなければなりません。厳密に数字を計算して、しっかりと目を開けてあるがままに見るような、合理的なリアリズムをもって生きていかなければならない、これはロマンチシズムと真逆の態度です。

ところが、戦争のときには、ある意味では美しいこのロマン主義に駆られ、アジアの解放を目指すのだと言いながら、アジアを侵略したという日本があるでしょう。ロマン主義者はこの現実を見ないようにするのです。だから、インドネシア解放独立軍として、戦争が終わった後もずっと残ってしまうという残留日本兵がたくさん出たのです。

戦争でロマンを詠うようなことがあってはならないと思いますが、そのさなかに身を置いている人間は、そういった夢やあるいはロマンに囚《とら》われることが多いのです。しかし、客観的で合理的なリアリズムの精神を忘れてはなりません。この両面を、われわれ人間は必ずだれでも持ち合わせています。辻井さんも、堤さんも当然持っています。

堤さんは、詩を書いているときにはロマン主義で勝負をしているという前半生がありましたが、経営者としての現役時代は、冷徹な客観性を持った合理主義者的な顔を持たなければなりませんでした。しかし事実上引退してからは、辻井喬として世間に出ることが多くなりましたから、晩年に社会的な活動をするときには、ロマン主義的な顔がかなり前面に出ていたと思います。二つの顔を持つようでも、彼の中では一つの精神でした。一つの精神が、ロマン主義的に表れるときと、リアリズムの顔で表れるときがある。だから不思議だと言われることが多かったのではないでしょうか。

辻井さんと初めて文学の話をしたとき、話題となったのが橋川文三さんの『日本浪曼派批判序説』(未來社、一九六〇年/増補版、未來社、一九六五年/講談社文芸文庫、一九九八年)です。辻井さんは私が橋川文三の影響を受けたことをよく知っていました。日本浪曼派というのは、名前のとおりまったくのロマン主義なのです。日本は万里の長城まで攻めていって占拠するわけですが、そのことを日本浪曼派の保田與重郎は「万里の長城に今私は立っている。そして日の丸を見つめている。もうこれまでで成敗は問わない。戦争は負けても勝ってもどっちでもいい。成功しても負けてもどっちでもいい。ここでわれわれは夢を掲げたんだから」と言っています。これは要するに中国侵略ですが、ロマン主義者はそのように遡って考えることをしないのです。

橋川文三さんは保田與重郎の影響を最も強く受けた人です。文学作品の中でかなりの影響を受けており、これを橋川さん本人は「存在被拘束性」と言っています。あらゆる存在は、時代や遺伝や家庭環境、そして本人の素質などいろいろなものに囚われています。橋川さんは、自分は時代という存在被拘束性にとらわれてきたと言っており、辻井さんはそれに対して「あれは重い言葉だよな」と呟《つぶや》いたんです。「重要な言葉だ」と。私は「あ、辻井さんもそういうふうに思うところがあるんだな」と思いました。

われわれにとってみれば、辻井さんはエリートの中のエリートです。学力はもちろん申し分ないし、お金に不自由はなく、文才もある。なんの不足もないと思われる人でも、やはり存在はなにかに拘束されているのですね。考えようによっては、そういう人こそが、逆にコンプレックスを持つわけです。

例えば、先ほど名前が出た保田與重郎は山林地主の息子だし、亀井勝一郎の家柄も素晴らしいし、太宰治の家などというのは農地の大地主です。しかし、文学をやる人というのはロマン主義ですから、大概が自分の家に対してコンプレックスを持っているのです。

すると、自分たちよりもさらに満ち足りているように見える辻井さんが持っていたようなコンプレックスは、なかなか文学者には理解できません。そして、文学者たちは辻井さんのことをコネとして使うかもしれないけれど、文学者として評価しようとはしません。

宮沢賢治の家は古手屋だったと聞いています。古手屋とは江戸時代からずっと続く古着屋の呼び名です。京の着倒れという言葉がありますが、京都では新しい着物を作ったとき、一週間はみなさんにお披露目をするという風習がありました。自分のほうからわざわざ出かけて行き、「ああ、きれいなべべつくりましたね」と言われ、一週間たつと古手屋に売ってしまうのです。一週間であれば、シミも垢もまだついていません。それが北前船で秋田のほうまで流れて行きます。そちらで「一週間前に京都で流行っていた新しい反物が、着物がこれですよ」と売れば、みんな喜んで買うわけです。賢治の評伝を文学者が書くと、古着屋というのはこういった商売で、家が汚く儲けていることを賢治は恨んでいたという書き方になります。でも、そうではありません。商売には商売の儲け方があります。それを汚いと言ってしまってはだめでしょう。そこにはリアリズムがなければならない。

客観的、合理的なリアリズムの精神を持つ辻井さんには逆に、賢治や太宰特有のコンプレックスについては重要視しないということが起こります。家が裕福であったことにコンプレックスを抱いていたということには目もくれず、むしろこういった言い方をするのです。「彼の家は、もともと古着屋である。人が着古したものを、それを高く売ってまた儲けようとする、そういう汚い商売をやる。だからコンプレックスを持っていたんだ」と。

そういったリアリズムと、そしてロマン主義とが、辻井さんの精神の中では一つにおさまっており、社会活動として現れてくるときには全然違った側面が見えてくる、そういうことではなかったかと思います。

二つの名前を持つこと

三浦雅士

三浦雅士（みうら・まさし）
文芸評論家。一九四六年青森県生まれ。「ユリイカ」「現代思想」編集長を経て評論活動を展開。著作に、『私という現象』『メランコリーの水脈』『身体の零度』『青春の終焉』『村上春樹と柴田元幸のもうひとつのアメリカ』『出生の秘密』『人生という作品』など多数。

秘めた悲哀という「魅力」

辻井さんが亡くなられていちばん大きいのは、とにかくもう少し生きていらっしゃるとこちらが勝手に思い込んでいたということです。本当に亡くなられるとは思っていなかったというか。それでたいへん大きな喪失感があります。

しかし、それと同時に、堤清二、そして辻井喬という二つの名前を持った人物の謎が、その死によって時空を区切られたために、はっきりと深まったという印象があります。そしてたぶん、いや間違いなく、堤清二＝辻井喬本人にとっても、その存在は謎だったのだろうと思います。僕らが見ていて非常に謎めいていると感じる、それは本人にとっても、いや、本人にとってこそいちばん大きな謎だったのではないか。

文学というのは、たいていそういうふうにできています。つまり、たとえばほんとうの夏目漱石やほんとうの森鷗外などというのは存在しないに等しいということです。鷗外は鷗外自身にとって謎だったし、漱石は漱石自身にとって謎だった。私たちは、その謎に向かって歩いていった人たちの軌跡を、彼らと同じように追っているようなものなのです。

堤さん、辻井さんにしても同じです。

ここにいらっしゃるみなさまご自身も腑《ふ》に落ちると思いますが、実際、自分という存在は謎ですよね。たとえば、身近な人などに何かを指摘されるとハッとして「私ってそうだったんだ」と思ったりするプロセスが折り重なって、自分ができあがっていく。もちろん、核には自分はこうでありたいという願望があるわけですが、その願望通りに自分というものが形成されるわけではない。自分というのは、外からの光と内からの光を浴びて、つねに乱反射している現象のようなものです。

堤清二＝辻井喬という現象は知れば知るほど謎めいてくるのですが、それに惹かれる理由は、しかし、その謎にどこかしら悲哀を感じるからです。少なくとも僕が感じる魅力はそういうものです。堤清二＝辻井喬の一般的なイメージは、きっと悲哀とは結びつかないでしょう。本人は非常ににこやかでさわやかな物腰の人でした。それは評論でも首尾一貫していると思います。詩や小説には怒りや皮肉や悲しみもこめられていますが、そういう感情に耽溺しているようには見えません。むしろこだわりがない。ですから、一般的なイメージとしては悲哀とは結びつかない。しかし全体的に見ると、非常に大きな悲しみが漂っていると言わざるを得ない。そしてそれがどうも堤清二＝辻井喬の魅力の核心である、そう僕は感じています。その悲哀について、今日はお話ししたいと思います。

文化についてのお金の使い方を知っていた

二〇一三年の十一月に堤さんが亡くなってからさまざまな形で追悼文が出ましたが、とくに記憶に残ったのは「ユリイカ」の追悼号に掲載された、飯田一史《いちし》さんという、おそらく若い方ではないかと思いますが、その方の文章です。経営者としての堤清二は、実業家として大成功をおさめ、その成功譚はまるで神話のように語られていますが、飯田さんはその神話を破壊するような批判を書いています。

どういう批判かというと、堤清二という人は、実業家として独創的だったかといえばそうではなく、すべて先行者がいたという批判です。その手法は、日本経済が右肩上がりになっていたときに、簡単に言えば少ない元手で仕事を立ち上げ、立ち上げた仕事をもとにお金を借り、その借りたお金でもっと大きいものを作り、またそれを担保にしてお金を借りるというかたちで、次々と事業を拡大してゆく、そういうものだったというのです。このように雪だるま式に事業を回転させて膨《ふく》らませてゆくと、大きなメリットがある。それは税金を払わなくて済むというメリットです。借金をしているわけですから、利益はない。

その仕組みを最大限に利用しただけのことであり、その結果、バブルがはじけたら必然のように倒れたのだ。飯田さんの批判はそういうものです。

追悼文というのは、極端に言えば歯が浮くような褒め言葉が多くなるわけですから、こういった文章が載ったこと自体に僕は驚きましたが、悪い感情は持ちませんでした。飯田さんには、そういう西武デパートや西友スーパーマーケットが展開してきた時代のなかに自分たちの幼少年期があったという自覚があるからです。また、その批判はある意味で当たっているとも思わせるからです。僕は経営者ではありませんから、細かいことは分かりませんが、事実、成功を収めていた当時からそういう批判はあったのです。

にもかかわらず、そういう批判が力を持たなかったのは、堤さんが果たした役割、成し遂げた仕事というのが、それによって少しも揺るがなかったからです。彼はそういう、批判者に言わせればそれこそ「虚業」の中で、「セゾン文化」を否定しがたく立ち上げたのです。七〇年代から八〇年代にかけての日本文化の基本的な流れは、僕の目には、堤清二がその根幹を作ったとしか思えません。合併でどんどん膨らんでいく銀行などとは違います。銀行、少なくとも日本の銀行は、文化を作ったりはしませんから。

美術、音楽、演劇など、およそありとあらゆる文化的なものの萌芽を東京中に、あるいは日本中にばらまいたのは、堤清二以外にありません。しかもそのばらまき方というのは、「俺がこれをやったんだぞ、どうだ」といったしたり顔でなされたのではない。美術館や劇場をつくったり助成財団をつくったりするときに、自分個人の名前を冠したりはしない。逆に自分の名前が出ないようにしているから、世間は彼がかかわっていることにほとんど気がつかない。気づかれているのは、じつはほんのわずかなのです。海外の助成財団に寄付するようなかたちでなされた場合には、気づかれようがない。財団内で何らかの発言権をもっていて、日本の芸術家を何人も欧米に留学させているわけですが、金を支給されたほうはまったく気づいていない。

たとえば彼は、詩人の大岡信を一九六〇年代にパリへ行かせています。大岡はまだ新人でしたが、堤はその段階で才能を見抜いたのです。それも恩着せがましくなく、「行ってくれればうれしい」という態度でした。このパリ旅行は、大岡を一流の美術評論家にする大きな契機になるわけですが——ボードレールからヴァレリー、リードにいたるまで詩人は美術評論家であるというのが現代の伝統です——、堤も大岡もこの経緯についてはまったく触れていない。誰が金を出そうが、そういうことはたいして重要ではないと二人とも思っていたわけでしょう。僕はほんとうにかなり最近になってその事実を知って驚いたのですが、さすが大物は違うと思いました。堤さんも凄いが、大岡さんも凄い。

三島由紀夫には「楯の会」の制服を作ってやっています。三島の美学的政治において制服は非常に重要だったと思いますが、堤さんのほうは、あの制服を作ってやったのは自分だ、自分が金を出したのだとは言っていない。西武デパートが制服を受注したことは有名でしたが、世間では三島がポケットマネーで払っているんだろうと思っていた。僕もそう思っていた一人です。

三島が自決する一年ほど前、私は二十歳かそこらでしたが、日比谷の紀伊国屋書店で三島を見かけたことがあります。客はまばらというかほとんど一人もいなかった。僕よりも少し背の低い三島由紀夫が、背広姿だけどいかにも引き締まった体で向こうから歩いてきて、わざわざ僕の隣で立ち止まったのです。こちらの方はまったく見ないのですが、僕が緊張して心臓がドキドキしていることを見透かしたかのようにゆったりと本を手に取って、しばらく読んでいました。そして僕のドキドキをしばらく楽しんでから消えたのです（笑）。

そんな記憶が非常に鮮やかに残っていますが、あれほどの流行作家なのだから、すべて自分で支払っていたのだろうと思っていたのです。しかし違いました。西武デパートから三島に制服代金の請求書は出したものの、なかなか支払われないので、経理担当者が「会長、これどうしたらいいでしょうか」と尋ねたところ、堤さんはその請求書をその場で破り捨てたというのです。これは請求書を堤さんのところに持って行った本人からじかに聞いたことですから、嘘ではありません（笑）。こういう助成活動というのは聞いたことがない。三島の自決の評価はおいて、堤さんがそういうかたちでかかわっていたのは重要です。

安部公房の演劇活動に関しても、堤清二という実業家の存在は非常に大きかったと思います。一九六〇年代半ば、安部公房は孤立無援の状態にありました。まあ、好きで孤立無援していたようなものですが、そんな中で堤のバックアップを受けて安部公房スタジオを立ち上げ、渋谷パルコの最上階に作られた西武劇場で公演活動を行うようになる。安部の後期において演劇活動は決定的に重要ですが、そのために劇場を用意してあげたようなものです。堤清二は作曲家の武満徹に対しても同じような役割を果たしています。

そのほかにも西武池袋本店の八階に多目的ホールの Studio 200 を作ったり、銀座セゾン劇場を作ったり、さまざまな文化的装置を作った。これはもう「メセナも少しやってやろうかな」というレベルの話ではない。文化全体の流れをよく観察し、適切なところにお金を出しているのです。ロンドンのヴィクトリア&アルバート・ミュージアムにポエトリー・ライブラリーを作ったりしているのですが、このことはおそらくまったく知られていないのではないでしょうか。

批判者が指摘するとおり、右肩上がりで経済成長しているときに事業を膨らませていくことなど簡単でしょう。しかし、あの段階で文化に対するお金の使い方を知っていたのは、堤さんだけだったと思います。これは、堤清二＝辻井喬の全体像を見るとき、なくてはならない視点です。

本当に僕は、堤さんが亡くなったときに驚天動地の思いでした。日本の文化全体のためにも、あと十年は生きていてほしいと思っていたし、実際そうであると信じ込んでいたのです。何もしなくても生きているだけでいいんです。文化の全体を見守る存在がいるといないではまったく違う。堤さんはそういう存在だったのです。

けれど、そういう堤清二が、大岡や三島や安部や武満の仕事に心底こだわっていたかというと、そうも思えないのです。彼らの仕事の達成に自分も一役買ったなどとはまったく思っていなかったでしょうし、彼らの仕事への深い敬意を表しはしても、根本的には無関心だったのではないかとさえ思えるのです。堤さんは、いろいろな人にいろいろなことをしてあげていますが、彼らに対して根本的に無関心だったのではないか。そう思わせる。

心ここにあらず

「新潮」に「心ここにあらず」という追悼文を書きましたが、これは、どうしても書かざるを得ないと思って書いたものです。堤さんというのは、面と向かってしゃべっていても、そこにいるのかいないのかが分からないとふっと感じさせる人でした。こちらの言うことはきちんと聞いてくれているし、話の要所で他の人たちよりもはるかに鋭敏な反応が返ってくるにもかかわらず、本心がそこにないような感じがするのです。

たとえば、会議をしているとしますね。自分が発言しているときは活発なのに、それが終わると、次の瞬間には名刺入れか何かを出してゴソゴソやっている。何をしているのかと思うと、百人一首の取り札を合わせるように名刺の整理なんかしているんです。メモを取ることもありますが、なにか議題とは無縁なメモを取っていると思わせてしまうところがあった。とにかくここではない、どこか別のところに気持ちが向いてしまっているのだと思わせてしまうところがあった。僕がほんとうにしたいこと、関心を持っていることはこれじゃないんだと、本人自身がいつも思っているように見えたのです。

話はきちんと聞いていて、受け答えは明晰《めいせき》、しかも堤清二＝辻井喬ならではの受け答えをしているのです。堤さんは左翼思想の持主でしたが、誤解を恐れずに言ってしまえば、堤さんの左翼的発言というのはなにか模範解答じみていました。腹の底から出てきたという感じではなく、ある一つの公式を解いていって出てきた正解であると思わせるような答えがさっと出てくる。それは非常に明晰な答えなのですが、そうであればあるほど、ほんとうは心がここにないのではないかと思わせずにおかないのです。あれはいったい何だったのか。

こういうことをお話しするのは、「心ここにあらず」というその堤清二のありようが、辻井喬の詩と小説の根本にもあると思うからです。その流儀が強まっていくプロセスにおいて辻井喬という人物が登場したように思えるのです。

「心ここにあらず」という態度については、若いころの堤清二がすでにそうであったと受け取れるようなことを書いている作家が二人います。一人は作家であり浄土宗の僧侶でもあった寺内大吉、もう一人は大岡信です。この二人は、「心ここにあらず」という言葉は使っていませんが、ここではないどこかに本当の堤さんがいて、そこに彼の気持ちがあるのだ、というような表現をしています。寺内さんの場合には、間柄が非常に近いので、

「あいつは、俺がすごく熱心にしゃべっていると、あくびするんだよ」というようなことまでおっしゃっている（笑）。「いや、だけど、これは悪いことじゃないんだよ」と大急ぎで付け加えていますが。

大岡さんの場合は、幼年期に端を発するような、根本的なところにとんでもない何かがあるのではないかと書いています。そこから、ほんとうの気持ちはあっち側にあるのではないかという感じに思わせてしまう態度が出てくるのだろうと。

僕は堤さんが二つの名前を持っていた、そのこと自体がこの問題と密接にかかわっていると思っています。堤清二＝辻井喬。もちろん、ペンネームなら誰でも使っています。たとえば、黒井千次という優れた小説家がいますが、「黒井千次」はペンネームです。本名は長部舜二郎さんですが、いまでは黒井さんにすべてが包含されていると言っていいと思います。でも、堤さんの場合はそうではありません。

堤清二も、辻井喬も、両方とも広く知られた名前であり、実際に会うことのできた人物です。「辻井に言わせればこうじゃないかと堤は言っています」といった形で、両方の人間が出てくるのです。一人二役のようなことをなさっていた。

しかし、僕がここで申し上げたい二つの名前というのは、堤清二＝辻井喬という二つの名前だけではないのです。「青山清二」と「堤清二」という名前でもあるのです。彼は少年時代に「青山君」と呼ばれていました。お母さまの青山操《みさお》さんが正式に嫁ぐことで、堤清二となるわけです。少年時代に「青山君」と言われていたのが、あるとき急に「堤君」になったのです。

夏目漱石にも同じことがありました。漱石は幼年期に養子に出されていて当時は塩原金之助だったのです。結局、生家へ戻って夏目金之助になる。小さいときに名前が変わるというのは大変なことだと思います。「この犬、ポチって呼んでいたけど、明日からタロウにしよう」とか、そういった気安いものではない。友人に、なんらか複雑な家庭問題があるのだろうと思われてしまう。辻井喬は少年時代、「妾の子」と呼ばれて怒り狂って喧嘩したとエッセイに書いていますが、こういう心情は看過できません。漱石が深く傷ついていたことは『硝子戸の中』の記述からも、じつにさりげなく書かれてはいますが、分かります。しかも、そういうことについては、堤さんの時代のほうが漱石の時代よりもいっそう敏感であっただろうと僕は思います。

恐らく、冒頭に申し上げた悲哀ということと、二つの名前を持つということは、根源的なところで結びついているのではないかと思います。ですから、たとえば西武流通グループがセゾングループへ生まれ変わった、つまり二つの名前を持つことになったことにも、重要な意味があったと僕は思います。堤さんにとっては必然だった。いわば外側からお父さんとの関係を断ち切りたかった、自分なりの新しい道を切り開きたかった、そういう思いもあったのでしょうが、たぶんそれだけではない。松下電器がパナソニックになるのとは根本的に違うのです。親の都合で恣意《しい》的に名前が変わってしまう。自分とまったく無関係なところで、自分の運命と言いますか、帰属するところのものが変わっていく。そのことに対する猛烈な反抗心もあったけれど、それ以上の何かがあった。

しかも彼は――まさに漱石と同じように――その反発の強さをあえて隠した。「名前が変わるなんてことはたいしたことではない。その証拠として僕はほら、辻井喬で堤清二じゃないか」と切り返すような形で、反抗したのではないか。反抗の証としてひとつはっきりしているのは「無関心」ということです。名前が変わるようなことに関して無関心であることを示すために、逆に変名を用いるようになった。二つでも三つでも名前を持ってやろうじゃないか、という、そういう過程があったのではないか。

『父の肖像』に隠されているもの

僕は堤さんが亡くなる四ヶ月前に会っています。またその一年ほど前にも会っている。ある小さい雑誌のためにインタビューをしに伺ったのです。会うなり、堤さんは「『父の肖像』の解説が、大変よかった」と言いました。

『父の肖像』は二〇〇四年に新潮社から刊行された小説です。二〇〇七年に新潮文庫に入って、その文庫解説を僕が書かせていただいたのです。その解説に書いたことが当たっていると言われて、僕はとても嬉しかったのですが、自分の書いたことをにわかには思い出すことができなかった。ですから、その件についての会話はそこで終わってしまったのですが、どこが当たっていたのか聞いておけばよかったと少し後悔しています。

『父の肖像』の解説で、僕はこんなことを書きました。この本のタイトルは「父の肖像」だけれど、ほんとうはそうではない、「母の肖像」が描かれているんだ、と。

他の方のことは知りませんが、少なくとも僕は、文庫の解説を書く場合、作者に向かって書きます。それはなぜか。作者というのは、ほんとうは、自分が何を書いたのか、分からないからです。不思議に思えるかもしれませんが、これは誰でも同じです。自分が行ったことの意味というのは、自分で完全に把握しているつもりでも、たいていは分かっていないのです。とくに詩人や小説家で、非常にいい作品を書いた人、あるいは書けてしまった人というのは、ほんとうは自分が何を書いたのか、分かっていない。

たとえば、谷川俊太郎さん。詩集『夜中に台所でぼくはきみに話しかけたかった』の編集は僕が担当したのですが、入稿直前に本人から電話がかかってきて「あのね、ちょっと一本どうしようかなと思う詩ができちゃったんだよ」と、まるで間違って子どもが生まれちゃったみたいな口調でおっしゃるんです。「僕はどうしたらよいかちょっと判断がつかないので、読んでくれないかなあ」と。で、いただいて読んでみると、とても良い。僕はすごく良いと思った。

詩集の序詩として掲載された「芝生」という詩です。

そして私はいつか
どこかから来て
不意にこの芝生の上に立っていた
なすべきことはすべて
私の細胞が記憶していた

だから私は人間の形をし
幸せについて語りさえしたのだ

これを読んだ詩人の岩田宏が、「俊太郎が自分のことをエイリアンだって書いているぞ」と言ったのですが、そのように読めば読める詩ですね。今の話、分かりましたでしょうか。これは、みなさん全員が、エイリアンかもしれないという詩なのですよ（笑）。

いい作品だとか、記憶に残る作品というのはたいてい、書いた本人にもどうしてそのような作品ができてしまったのかが分からない作品なのです。謎を含むというか。それで、本人自身、無理に説明しようとすると、たいていは間違ってしまう。

本人にとっても謎であるようなことを書いてしまっている文学作品というのが優れた作品であって、しかもその謎というのは、本人自身それが謎であるとは気付いていないようなかたちで提出されている。それが名作の最低限の条件であるということは、その謎が結局は人間存在というものの謎に繫がってゆくからです。批評というのはその仕組みを解明する以外のことではないとさえ言っていいと思います。それに意味があるのは、その謎というのが、結局はその作品の最大の美点になっているからです。たいてい長所と短所は表裏一体。それを探し出せると、作者にとっては、堤さんがおっしゃったような「あれ、当たっている」という感じになるわけです。

堤さんの言葉は、僕に対するお世辞ではないと思いました。なぜなら、僕が書いたのは堤さんにとってはちょっときつい話だったからです。どのようなことを書いたのか、解説を引用してみます。

若い頃、ジャコメッティの人物デッサンを飽かず眺めていたことがある。陰影もなければ、遠近法にのっとっているわけでもない。ただ、顔の輪郭を確かめるように繰り返し引かれたとしか思えない無数の線が、顔そのものに不思議な奥行を感じさせるのである。ぶれてでもいるような無数の線が、ほかならぬそのぶれによって驚くべき深さを感じさせてしまうのだ。

辻井喬の長篇小説『父の肖像』は、そのジャコメッティのデッサンを思い出させる。ためらいがちに引かれた無数の線は、しかし、父の肖像を浮かび上がらせるわけではない。父の肖像はむしろ、一本の線でくっきりと描かれている。無数の線のなかから底知れぬ深さとともに浮かび上がってくるのは、母の肖像である。

断わるまでもなく、小説家・辻井喬は、実業家・堤清二のペンネームである。堤清二、すなわち二十世紀後半の日本に流通革命を惹《ひ》き起こした西武セゾングループの総《そう》帥《すい》である。『父の肖像』のその父が、堤清二の父、堤康次郎であることはまぎれもない。事実、この小説では、滋賀県に生まれ、わずかな資産を元手に、実業家として、また政治家として大成した堤康次郎の足跡がほとんどそのまま辿《たど》られているのである。

小説のなかで、堤清二は楠《くすのき》恭次、父の堤康次郎は楠次郎、異母弟の堤義明は楠清明として描かれている。モデルが誰であるかすぐに分かるような命名である。堤一族の運命がほとんどそのまま描かれていると受け取るものがあっても不思議ではない。むろん、堤康次郎の伝記などを参照すれば、二人の人間が一人の人間に圧縮されたり、架空の人間が付け加えられたり、人間関係がいくつか置き換えられたりしていることが分かる。だが、それはあくまでも一族内部のことで、歴史的背景は、人名、地名ともにほとんどそのまま使われている。大隈重信《おおくましげのぶ》、永井柳太郎、後藤新平、吉田《よしだ》茂、重光葵《しげみつまもる》、五島慶太、水野成夫《しげお》など、堤一族から離れた瞬間、登場人物はすべて実名である。

そういうことでは、堤康次郎、堤清二という堤家二代を通して、大正、昭和の激動を描いた小説と言えなくもない。人によっては週刊誌的な興味で読むこともありうるだろう。それも悪いことではない。人間が人間に関心をもつのは自然なことだ。

だが、そういう眼で眺めはじめるやいなや、読者は逆に、はっきりと戸惑うことになる。語り手はこれが、いまや父の享年《きょうねん》に近づきつつある子が父の伝記を書くという設定の小説であることを随所で明言しながら先へと進むからである。描かれている伝記のなかに描いている当の描き手もまた描きこまれているのである。手を描く手を描いているエッシャーの絵のようなものだ。しかも両者は章で区分されるわけでも、文体で区分されるわけでもない。密接に絡《から》み合って分かちがたいのである。

父を描く線もしたがって二様だ。「次郎」という主語で描かれる場合と、「父」という主語で描かれる場合の二様である。同じように、私を描く線も二様だ。「恭次」という主語で描かれる場合と、「私」という主語で描かれる場合の二様である。その二様の描きようが、すっと交じり合い、すっと分かれてゆく。

語り手は第一章においてすでに「資料を読み込むにつれて、私は自分のなかの楠次郎像が歪《ゆが》みはじめ、崩れ、次第に混濁していくのを感じたのである」と述べている。にもかかわらず第二章において与えられるのは、きわめてくっきりとした楠次郎像なのだ。歪みはじめてなど少しもいない。ぶれは、父の像が若い頃に考えていたそれとは違うと語り手自身が感じているから生じているにすぎないのだ。したがって、述べられているのは語り手自身のぶれなのだというほかない。

語り手自身のこのぶれは、語り手の出生の秘密から生じている。なるほど『父の肖像』と題されてはいる。だが、作者がほんとうに浮かび上がらせたかったのは、母の肖像ではないか、と呟《つぶや》きたくなる。誰の母か。もちろん、語り手、楠恭次の母である。恭次は母を知らない。育ての母は知っているが、生みの母は知らない。そういう設定である。物語が、その不在の母を中心に展開していることは否定できない。不在の母をあらしめるべく、無数の線が引かれてゆくのだ。

けれど、母の肖像と呟いてしまうと、その母が同時に、恭次の父である次郎の母、幼くして別れなければならなかったその母の肖像でもあるのではないか、と思えてくる。いや、その不在の母の欠落を埋めるように登場するさまざまな女性たち、なかんずく、それら女性たちの奥にあたかもグレート・マザーのように鎮座するひとりの女性、平松摂緒の肖像でもあるのではないかという気がしてくる。

そしてそこまで考えると、母なるものとの関係において、次郎と恭次という父子《おやこ》はいつしか重なり合ってしまうことに気づかざるをえないのである。

母と次郎の別れは第一章にさりげなく描かれている。

「祖父母は四、五日の里帰りだと説明していたのだが直感力の鋭い次郎は、それは言い繕いだと見抜いていたのである。と同時に、兄である自分は妹のふさのいる前でその判断を口にしてはいけないのだと心得ていた。／農具を蔵《しま》ってある納屋《なや》の横で兄《きょう》妹《だい》は母親を見送った。秋のはじめで、裏庭には鶏頭《けいとう》が燃えるような赤い花を朝日に輝かせていた。」

叙述はこれがそのまま恭次にもありえた情景であることを示している。恭次は次郎すなわち父の内面にすっと入り込んでしまっている。

辻井喬の読者ならば、ここに描かれた兄と妹が、処女作『彷徨《ほうこう》の季節の中で』に描かれたそれと酷似していることに気づかざるをえない。身構えて妹を守ろうとする兄の姿はまったく同じである。そしてその身構えが、ある決定的な別れの後に訪れていることもまったく同じである。『彷徨の季節の中で』の冒頭に次のような一節がある。

「いつか私は、細かい雨が靄《もや》のように降る茫漠《ぼうばく》とした河の前に立っている。あたりは静かで対岸の燈台《とうだい》が墨絵のように煙っている。私と母はずいぶん長くそこに立っていたようだ。／蛇の日傘を斜めにさした女の人が私の視界を遠ざかってゆく。その女性が私と関係のある人なのか、それを見る私が母に抱かれていたのか、その時、私の側《そば》に母がいたのかどうかも分らない。足下の腐った杭《くい》にぴたぴたと水が打ち寄せていたことだけが印象的である。」

先に、無数に引かれた線、と述べたが、線はこの小説のなかでのみ引かれているのではない、と思えてくる。『彷徨の季節の中で』から『父の肖像』にいたるまで、さまざまな小説のなかで、線は無数に引かれている。そしてその無数の線のなかから浮かび上がってくるのは、父の肖像というよりは、むしろ母の肖像であり、その肖像に対する語り手の姿勢なのである。だが、その語り手の姿勢はといえば、必ずしも母への憧《あこが》れを示しているわけではない。むしろ母への無関心、それもきわめて激しい無関心を示している。

自分はほんとうの母ではない、あなたのほんとうの母はすでに死んでいると養母に伝えられて、「分りました。別に、どうって事ないや」と、小学四年生の、つまり十歳の「私」は口にして庭に出る（第十八章）。悲哀を覚えずにはいられないほどに激しい無関心というほかない。理性が感情を抑えている、不自然なほどに。

ほんとうはこれが、辻井喬の文学の魅力の核心である。

ここまでが、僕が書いた解説の前半です。

つまり、父親もまた、その父のことを書いている自分とまったく同じように、生みの母に関する問題を抱えていたという事実が発覚する段階で、本の焦点は父ではなく、母に移ってしまっているのだと、僕は書いているわけです。「激しい無関心」という言葉を、僕はそれまで使ったことがありません。ここで初めて使ったと思います。通常、激しい関心、強い関心を持つということはありますが、激しい無関心を持つということはあり得ません。しかし、堤さんの場合には、無関心であるということに関して全重量をかけた。つまりこの無関心は攻撃的な無関心なのです。それで「激しい」と形容しているわけです。言うまでもなく、無関心というのは、心ここにあらずという状態とほとんど同じです。堤さん、すなわち辻井喬は、激しく「心ここにあらず」なのです。

続けて読んでみます。

語り手は、母への激しい無関心のすえに、その激しさそのものにみずから戸惑ったかのように、いま、母の肖像に向き合おうとしている。それこそこの長篇小説『父の肖像』の隠された真の主題だと言っていい。『父の肖像』は、ひたすら母への無関心を装《よそお》うことによって辛うじて生き延びてきた男の物語なのだ、と。そのことは、語り手はむろんのこと、語り手の背後に潜む作者もまた、充分に意識しているのである。

「多感であった少年時代、戦争という形をとった死が向うから迫っていたことは、かえって私から自殺を考えるゆとりを奪っていたのだと気付いた。そうでなければ、自分の出生を帰属させるべき母親像の揺ぎのなかにしかないことはもっと強く私を脅《おびや》かしたはずである」（第九章）と、語り手は述べている。

原因と結果が逆に語られている。普通ならば、母親像の揺らぎが強く脅かしたからこそ、戦中は戦争を、戦後は革命を、死の代名詞のように考えて、そこに没入しようとしたのだと考えるだろう。けれど、語り手はそれを、戦争があり革命があったから、母親像の揺らぎが自分を脅かすことはなかったというように述べているのだ。語り手も作者もこの転倒に気づいている。なぜなら語り手は、この転倒によってはじめて自分が他者に決定的な無関心を示すようになったことに気づいているからである。

「誰が母親であろうと父親であろうと、私は私であり人間としての値打は本人次第

ではないかという、一見傲慢《ごうまん》に見え、内実はいい加減に近い態度を私は身につけていたのではあるが。」（第十五章）

「一番の理由は桜（養母）への遠慮だったろう。しかしもう一つ、私は生母にそれほど会いたくはなかった。／私は自分は情が薄い人間なのだろうかと、今までのいろいろな人との出会いと別れを記憶に取り出してみた。身贔屓《みびいき》な感情が混っているのかもしれないが薄情には思えないのだが。」（第二十九章）

「私の場合には、人間と人間の関係について無関心過ぎるのではないかという気もした。親子の関係でも、友人同士の関係でも投げやりなのではないか。無関心という衣で生身《なまみ》の生き方を包んでいて、血が流れないようにしているのだと思った。」（第三十章）

語り手は自分が他人に無関心であることを繰り返し告白する。そしてこの無関心に逆に引きずられるように、幻の母へと迫ってゆくのである。したがって直接的にではない。間接的に、すなわち、あくまでも父、次郎を通してである。語り手は、「次郎はふと、恭次の奴も母親とは生き別れだったと気付いた」（第二十七章）というように、次郎と恭次を重ね合わせてゆく。そしてその重ね合わせられた最後の地点に、次郎の憧憬《どうけい》と渇望《かつぼう》の対象として平松摂緒と佐智子《さちこ》という幻の母娘《おやこ》を浮かび上がらせるのである。恭次は自身の無関心を父の関心によって塞《ふさ》いでいるのだ。

この作品が伝記から小説へ、事実から虚構へと離陸し、白熱してゆく地点だが、そこに作者の欲望が含まれているとすれば、現実の養母の、歌人・大伴《おおとも》道子として知られる面を、実母とされる佐智子に重ね合わせてみせたところだろう。作者はここで二人の人間を一人にし、さらにその一部を切り取って幻の母へと充当したのである。幻の母への欲望と言うべきだろうか。そうではない。逆に、養母への贖罪《しょくざい》の欲望と言うべきである。

この小説の中では、父親のお母さんの代わりのような存在として平松摂緒という人が出てきます。そして摂緒の姪御であると紹介された佐智子と、父親は関係を持つ。ところが佐智子は、摂緒の姪御ではなく実の娘だったのです。父親は知らぬながらも母娘と関係を持ってしまうわけです。父親と佐智子との間に生まれた子どもが恭次、つまり堤清二であるという描写がなされています。

しかし、実際にはそれが事実かどうか、靄のようなものに包まれて分からないことなのです。いまでもそうなのだろうと、僕は思います。僕の見た範囲では、堤さんの出生の秘密の事実関係ははっきりしていない。

ただここではっきりと辻井さんが示したことがあります。自分を育ててくれた青山操という人——歌人の大伴道子さんであるわけですが——を、小説の中では実母のイメージにしっかりと当てはめているということです。

青山操さんは、清二さんとその妹の邦子さんを、愛情を持って優しく育ててくれたお母さんです。辻井喬は小説の中で実母——操さんの姉妹ではないかとも思われるのですが明らかではありません——を探る旅をしながらも、その幻の母親は、育ての親、操さんをイメージして描いているのです。実の母親を思慕しているかの如くに見えて、実際には育ての母親に対する愛情が、変化球のようにカーブを描いてミットに収まるような描き方がされている。ですから、操さんがもし『父の肖像』を読めていたならば——一九八四年に亡くなっておられますが——とてもうれしかったでしょう。自分のイメージがこんなにも大切にされている小説はないと思ったでしょう。

これが僕の書いている「養母への贖罪の欲望」という言葉の意味です。

しかし僕は、作者が絶対に気づいていないこと——つまり謎——を書かなければなりません。謎を解かなければならない。それが批評家の仕事ですから。ここでそれが成功しているかどうかはみなさんのご判断にお任せしますが、次に僕はこう書いています。

作者はしたがって、この作品で自身の無関心を解明したわけではない。

辻井さんは小説の最後で、実母のイメージを自分自身の育ての親のイメージに重ね合わせた。これは美談になります。しかし、美談にしかならない。額面通りに受け取れば、自らの出生の秘密を探り、父へと、そして実母へと接近していくことで逆に自分の激しい無関心のありようを解明しようとする試みが、美しい話で終わってしまっているのです。
もう少し、僕の解説を引用させてください。

第三十一章に次のような箇所がある。

一時、かなり頻繁に会っていた女優志願の友達は、ようやくいい役がついて五カ月ほど地方を巡業することになった時、

「あなたって分んないところがあるのよ」

と、ひどく客観的に聞える言い方をした。それはどういうことだろうと見返した私に、

「なんて言うの、優しさ地獄とでも言ったらいいかしら、こっちのことを考えてくれているみたいだけど、ただそれだけ。若年寄ともちょっと違うんだけどアクションが起らない、起せないって言った方がいいのかな」

それを聞いていて私は彼女が未練が残っていない訳ではないが、今度の旅をきっかけに私から離れたいのだと分った。それも潮時というものかもしれないと考えた私は、

「そうかな、そうだとしたら多分、おやじとの戦いでね、エネルギーを使ってしまっているからだ、仕様がないやね」

と、我ながら厭《いや》らしい口調になった。彼女は急に涙を迸《ほとばし》らせて、

「私、帰る。さよなら」

と立上った。

作者は誤解している。女友達は別れ話をしたかったわけではおそらくない。語り手の本質的な無関心を詰《なじ》りたかったのだ。どんなときにも、心ここにあらず、と見えてしまうその態度を非難したかったのだ。にもかかわらず、語り手は女友達に対して、非難されている当のもの、すなわち、習い性となったはぐらかしで応じているのである。だからこそ女友達は絶句して涙を流すほかなかったのだ。

お分かりになっていただけるかと思います。つまり女友達は「あなたって根本的なところで私に無関心なのよ！」と、怒っているのです。それに対して主人公は、自分の関心はすべて父親との戦いで使ってしまっているから、しようがないと返してしまいます。

そう言ってしまった理由はなぜか。主人公自身が、この女友達と別れたかったからです。おそらく辻井さん自身、書いている最中はそのことに気づいていなかったかと思いますが。ここで女友達は、主人公、つまり堤清二＝辻井喬の本質に迫ってきているわけです。「私は本当は、あなたの生身のところに触りたいのよ」と言っている。でも堤清二＝辻井喬は触らせない。「若年寄」という言葉がここで使われている意味が、非常によく分かります。ここで主人公の恭次つまり堤清二＝辻井喬が逆上して「別れるなんて許せない！」と出刃包丁でも持って来れば、女友達は満足したでしょう。しかし、まったくそうはなりません。主人公は無関心、「心ここにあらず」の状態を認め、その態度を貫きます。
女友達はとうとう涙を迸らせて去ってしまいます。女性は特に、感極まると言葉の代わりに涙がぶわっと出てしまうということがあるようですが、これと同じような描写をしている文章が漱石にもあります。僕は『漱石——母に愛されなかった子』（岩波新書、二〇〇八年）という本で、このことを主題にしていますが、解説の引用を続けます。

事態は、たとえば漱石が『彼岸過迄』に描いてみせた、千代子が詰る須永の僻《ひが》み根性のありようと寸分も違っていない。須永もまた生母を知らない男だったのだ。
他者への激しい無関心は、語り手がここで考えるように、父との戦いのせいで生じたのではない。母への関心をみずから封じることによって生じたのだ。

作者が無意識のうちに自分でさらけ出してしまったのは、母への強い関心と、それをさらに上回る強い力でその関心を抑えようとしている自分自身の姿です。まさに先ほど申し上げた見事な変化球、しかもツーストライク、スリーボールのときに鮮やかに投げた球というのが、これです。

『彼岸過迄』の須永というのは、相手の立場に回り込み、自分が相手側に立ったようなところからしゃべってしまう男です。「どうせ千代ちゃんは僕のことをこう思っている。だからこうだろう」といった具合で、相手の口を封じてしまいます。「あなたが思っている私は、実は違うのよ」という反論を許さない。この須永と千代子の関係は、漱石と妻の鏡子さんの関係とまったく同じですね。作家は、自分の心のなかのもっとも柔らかい部分、素肌のような部分は隠そうとしても隠せないのです。

『父の肖像』に描かれた主人公と女友達のこのやり取りは、非常に本質的です。フロイトが解明したことですが、ある根本的なトラウマがあると、それが心の癖を作ってしまう。いわゆるコンプレックスというのは、この心の癖のことです。

女友達とのエピソードは、『父の肖像』の主な筋とはまるで無関係であって、ほとんど唐突に差し込まれています。どうしても入れなければならない理由はないのです。しかし、入ってきてしまった。どういうわけか入ってきてしまってそこに落ち着いたというのは、それが堤清二＝辻井喬の謎の核心だからです。謎の核心はこの心の癖であって、それがこの小説の一番のポイントであることがここで噴出してしまったのです。入れないと収まりがつかなくなってしまったそれが理由です。次に、僕はこう書いています。

　この一節は、この主題がいまなお作者のもとを去っていないことを示している。

父について書くべきところに、明らかに自分自身が現実に体験したに違いないエピソードを入れてしまったという事実は、彼がこの心の癖から脱し得ないことを表しています。きっと、堤さんはこういった経験を繰り返してきたのでしょう。男性との間でも、あったかもしれません。ある決定的なところに踏み込んでこられると、必ずパッとはぐらかしてしまい、違う主題を出してしまう。相手はそれを受けざるをえないから見当違いな方向に話が向かってしまう。しかし女友達は、受けて答える代わりに涙をぶわっと噴き出させてしまった。噴き出したものこそ真実なのです。「仕様がないやね」という言葉で「ここからは立ち入らないでくれ」と示されて、泣くしかなかったわけです。

次に、僕はこう書いて解説を閉じています。

　作者はいまなお、ほんとうには、世界を許してはいないのである。

堤さんが読めば、その真意が瞬間的に理解できるだろう。僕はそう考えてこの一文を加えました。堤さんは素晴らしい経営者です。政治家の要素も併せ持っています。そんな彼が、資本主義の行き詰まりや消費社会の限界を訴え、人間の未来を論理的に明晰な観点から予想しながらも、現実にはすべてのことに無関心を貫き、世界を決して許していなかった。それはどういう意味なのかというと、こういうことです。

僕は解説のはじめに、ジャコメッティの話を出しました。ジャコメッティという画家のデッサンは、いわゆる遠近法には則《のっと》っていません。たくさんの線があり、ぼわっとした線の塊の内側から、人間の顔が突然見えてくるような描き方をしています。僕は堤さんも、心の中でたくさんの線を描いていると思うのです。「まったく関心がないよ、関心がないよ」と言いながらひたすらに線を引いて、その中に父や養母、妹さんのことを描いたりしているのだけれど、最終的にそこからぶわっと迫ってくるのは、母親というイメージである。

少し、のめりこんで話してしまっていますね。こういうときは、ちょっと怪しいのです(笑)。堤さんの中に自分を投影して、熱を込めてしまっているということですから。でも、書くということはそういうことなので、しようがない。

堤さんが戦中、自殺しなければならないという思いに陥ったという話を先ほどしました。じつは僕にも、そういった時期がありました。とくに中学から高校にかけて「人間というのはすべて自殺すべきだ」と考えていました。でも、「人間は自殺すべきだ」と考えるということは、「自殺すべきだ」と考えているその人間も自殺すべきだということになってしまいます。つまり自己矛盾に陥ってしまう。そして行為不能に陥ってしまう。その矛盾に気づいて、僕の考えはそこで止まってしまいました。いまではこれが矛盾でもなんでもないことに気づいていますが、もちろん当時はまだ若かったのです。

考えにつまずいていたころ、詩人でフランス文学者の宇佐見英治《うさみえいじ》さんと知り合いました。師事したと言ったほうがいい。僕にジャコメッティのことを教えてくれたのも宇佐見さんなのですが、初めて会ったとき宇佐見さんはこう言ったのです。「僕は自殺したいという人には、どうぞお構いなく早く自殺してくださいと言うことにしているんだ」と。僕は自殺の話題などいっさい出していないのです。どうして突然そんなことを言い出すのだろうと思いましたが、宇佐見さんに引き合わせてくれた友人が、僕を「人間はすべて自殺すべきだ」と言っている人間だとでも言っていたのだと思います。

そのとき、僕は「なにを言っているんですか」と一蹴しました。そして、高校を卒業したばかりの若造が、自分の父の世代である宇佐見さんに向かって、「自殺するというのは、全人類に死刑宣告を出すということなんですよ」と言い返したのです。

自殺したいという人を、人間はなぜ止めようとするのか。自殺は、自殺者その人の否定であるだけでなく、全世界の否定でもあるからです。全人類への死刑宣告なのです。それが、「自殺をしてはいけない」というときの、ただ一つの理由なのです。宇佐見さんは驚いたと思います。以後、年下の友人として親密に扱ってくださったのです。

宇佐見さんが初対面の僕にどうして自殺の話を振ったのか、それからずっと気になっていましたが、かなり後になってから、小島信夫さんの『憂い顔の騎士たち』を読んだときにようやく意味が分かりました。

『憂い顔の騎士たち』は、一高で寮暮らしをしていたころのことを面白おかしく書いた小説ですが、寮生の中に、明らかに宇佐見英治がモデルであることが分かる青年が登場します。当時、一高の寮の中では、「悩む」ということが特権的なことで、悩む奴は本物の人間だ、悩むことは素晴らしいという雰囲気が立ち込めていたというのです。「悩む」ことの競争ですね。失恋に悩んだり、人生に悩んだり、競い合っていたというわけですが、そのなかでもっとも優秀な一高生つまり宇佐見英治が「僕はこれから自殺しに行く」と、「悩み」の究極をきわめたようにして突然寮を出て行ってしまうのです。つまり、宇佐美さんは十七、八歳のときに、「深く考えたが人生にはまったく意味はない、生が無意味である以上、僕は自殺する」とみんなに宣言して寮を出て行った。そのことを小島さんは面白おかしく書いたわけです。しかも彼が死にきれずにすごすごと帰ってくる顚末まで。宇佐見さんは深く傷ついたと思います。ともに同人誌を出していた仲にもかかわらず小島さんと絶交してしまいます。

小島さんとの絶交の後、しばらくして現れたのが僕だったわけです。その宇佐見さんに、僕は「自殺すると言って出て行こうとする人間を絶対止めなければならない理由は、お前も自殺すべきだと言っているからだ」と言ったわけです。自殺というのは、論理的に、類全体が消滅すべきだという意味なんだと言ったわけですね。それが自殺について論じなければならない理由であり、自殺を止めるべき理由なんだ、と。

宇佐見さんにとっては、この論理が小島さんに対する鮮烈な批判に思えたのではないでしょうか。少なくとも、小島さんの面白おかしい小説よりは、気品がある論理だと思えたのだと思います。そして自分自身がかつてそのような論理のもとにあったのだということを思い出されたのだと思う。宇佐見さんが僕のことを「天才少年」であると友人たちに吹聴しているということが後になって僕の耳に入って赤面しましたが、それは僕が登場することによって、自身の青春時代の論理の息吹を生き生きと思い出すことができたからだと思います。天才だったのは青春時代の宇佐見さんであって僕ではない。僕はそのことを思い出させただけだったのです。

どうしてこういう個人的な話をしているかと言いますと、先ほど引用したところに関わってくるからです。

> 多感であった少年時代、戦争という形をとった死が向うから迫っていたことは、かえって私から自殺を考えるゆとりを奪っていたのだと気付いた。そうでなければ、自分の出生を帰属させるべき母親像の揺ぎのなかにしかないことはもっと強く私を脅《おびや》かしたはずである。

この段階での自殺というのは、先ほど申し上げた全人類への死刑宣告、いわば形而上学的自殺のようなものです。ほんとうは母親像の揺らぎが自殺を考えることを強い、表向きの論理的な理由として人生の無意味が登場したのです。こういう形而上学的な自殺の論理は戦争などでは崩れません。同世代の文学者の著作を読めば、そのことが分かります。宇佐見さんが一高生だったのは昭和十年前後ですが、彼らの多くが形而上学的自殺の論理に惹かれています。そしてその論理を形成したのちに戦争に向き合っていったのです。堤清二＝辻井喬が特異なのは、その過程で「激しい無関心」を形成していったということです。しかも、この「激しい無関心」は——戦後のことになりますが——マルクス主義とは相性が良かったのです。マルクス主義にとっては本心などブルジョワジーの密かな楽しみにすぎなかったのですから。本心など無関心の対象にすぎない。『父の肖像』は結果的に——意識的にではなく——その思考の過程を浮き彫りにしていると言っていい。

『父の肖像』の後、辻井さんは『萱刈《かやかり》』（新潮社、二〇〇七年）など、いくつかの作品を残されています。僕は詩集と小説からなる『沈める城』（詩集は思潮社、一九八二年、小説は文藝春秋、一九九八年）が辻井喬の代表作だと思っています。この『沈める城』がいかに重要な作品であるかを示しているのが、『萱刈』という小説なのです。主題はまったく変わりません。僕は、これらの作品のなかに堤さんの悲哀の核心が描かれていると思いますが、少なくともそのおおよそは、いまお話ししたようなかたちになっていると思います。

僕が解説を書いた『父の肖像』はそれを側面から非常にくっきりと照らし出しているのです。

当然のことですが、辻井喬という作家の詩や小説は、堤清二という経営者の思想というか理念にもピタリと重なっています。方法としての「激しい無関心」は両者に通底しているのです。その「激しい無関心」は、最後の引き際の鮮やかさにも表れています。私財にこだわらず、係累にこだわらず、突っ走るように逝ってしまったのです。

ラテンアメリカ文学との類似性

堤清二＝辻井喬が提出した「激しい無関心」という隠された主題、隠された方法は、より広い文脈に置くと、さらに興味深い問題を提起すると僕は思っています。

形而上学的自殺の問題を一般の人々に広めたのはアルベール・カミュの『シーシュポスの神話』や『反抗的人間』といった著作ですが、カミュは宇佐見英治や小島信夫とほぼ同世代です。堤清二＝辻井喬はその十歳ほど下ですが、時代の空気は何ほどか共通したものを持っていたでしょう。堤清二＝辻井喬はその文脈において眺め直す必要があると僕は思っているのです。

一九六〇年代にラテンアメリカ文学がブームになり、日本でも七〇年代、八〇年代に広く読まれるようになりました。それはちょうど、サルトルやカミュといった実存主義の文学が興奮を持って読まれた後、「アンチ・ロマン」とも呼ばれるヌーヴォー・ロマンの時代があり、そのあとにまたヌーヴォー・ロマンを超えようとするような試みが生まれるといったように、小説という形式自体が絶頂を迎え、行き詰まってしまっていたころです。

ラテンアメリカ文学の特徴は「魔術的リアリズム」という手法で、カルペンティエールやガルシア＝マルケスといった小説家による一連の作品が有名ですが、そういった作品群と辻井さんの『沈める城』とには強い類似性が認められます。

ラテンアメリカ文学の本質を先取りしていた作家は、じつはカミュです。このことを真正面から論じている人はあまりいないようですが、ラテンアメリカ文学がなぜ台頭したのか、魔術的リアリズムの構造はどのようになっているのか、カミュによる明瞭な答えが存在します。一九九〇年代に刊行された遺作、『最初の人間』です。この小説の主題はインディファレンス、つまり無関心です。

インディファレンスとはどういうことか。意味は二つあります。ディファレンスがない、違いがないというところから、どちらでもいい、つまり無関心ということと、文字通り、違いがない、差異がない、無＝差異ということです。見た限りの辞書にはありませんが、無差異から、当然、無差別、平等とも言いかえられうるのです。

カミュはアルジェリアの出身です。アルジェリアは当時、フランスの植民地でした。フランスはディファレンスの国です。一つ一つの歴史、由緒を大事にします。日本では京都を思い浮かべてみれば分かりやすいと思いますが、町ひとつ、家ひとつとってみても、そこに古くから続く長い物語があります。

対して植民地のアルジェリアは、北海道や満州のようなものです。歴史や由緒というものがいっさいない。たとえば、カミュの父母、祖父母は文字が読めませんでした。文字が読めないということは、歴史と無縁である、インディファレンスであるということなのです。カミュはそう考えています。この、従来のヨーロッパ中心主義的な「歴史」とは無縁なところから、いわゆるラテンアメリカ文学が生まれたことは言うまでもありません。カルペンティエールたちはカミュの読者だったのです。

一見して歴史に関してインディファレンスであるというカミュの流儀――晩年のカミュはそれで批判され凋落したとされています――は、宗主国に対する植民地に特有のものだというのが、カミュ＝サルトル論争のほんとうのポイントなのだと僕は思いますが、こういったカミュのインディファレンスが、堤さんが持っている無関心という方法、主題と非常に深く重なっていると僕は思います。それは堤清二＝辻井喬の意図を超えています。堤さん自身は、あの「心ここにあらず」と思わせてしまう振る舞いが、自身の文学や思想に深くかかわっているとはまったく思っていなかったでしょう。しかし、その方法と主題はきわめて重要で、それをもっともはっきりと浮かび上がらせているのが『沈める城』という詩集と小説であると僕は考えています。しかしそれは表向きの方法や主題としては示されていないのです。『父の肖像』の女友達との諍いのようなかたちで不意に噴出してくるのです。このことに関して、今日は示唆することしかできませんが、問題の奥行きを捉えようとすると、そういう文脈に立たなければならないということだけは断言できると思っています。

非常に重要なのは、カミュの母親が文盲であったということです。フランス文学というのは、言葉をとても大事にする世界です。しかしカミュはそうではなかった。むしろそういう伝統を批判し否定しなければならなかった。どうしてかといえば、やはりアルジェリア出身ということが深くかかわっています。それは限界ではなく可能性なのです。こういう事情については例えばサイードのカミュ批判などは無力です。サイードの方がよほどヨーロッパ中心主義なのです。

カミュのインディファレンスについては、これからますます研究されていくと思います。そのとき、辻井喬の作品にもまったく新しい照明が当てられることになるのではないでしょうか。そう予感しています。

「激しい無関心」の行方を見守りたいと思います。

辻井喬にとっての政治と文学

山口昭男

山口昭男（やまぐち・あきお）
編集者、評論家。一九四九年東京都生まれ。東京都立大学経済学部卒業後、岩波書店に入社。「世界」編集長、同社編集部長などを歴任後、二〇〇三年同社代表取締役社長に就任、二〇一三年に退任。現在、中央経済社ホールディングス常勤監査役。著作に『メディア学の現在』（共著）など。

四つの転換期

はじめに紹介したいのが、辻井さんによる四つの詩です。いずれも断片ですが、まずは引用をさせていただき、これらの詩の話から入っていきたいと思います。

①きつつきはたたく　たたく
たすけを呼ぶ技師のように
　「私ハモウ駄目デス　モウ駄目デス　駄目デス
　　　　　　　　　　　　　　　（「啄木鳥」）

②もの総て
変りゆく
音もなく

思索せよ
旅に出よ
ただ一人

鈴あらば
鈴鳴らせ
りん凛と

（無題）

③もし僕が今日以後新しい詩を書くとしたら
待っている俺の内と外の救いようのない闇などと
おそらく古くさい詩しか書けないだろう
ただはっきりしていることはそんな僕に
死ぬのにはもってこいの日が　今日という日が

ついにやってこないということだ

（「今日という日」）

④光が別々の方向に走り去ること
それが別れだと思っていた
しかし一方が消えてしまうような
そんな別れもあるのだった
それは意志を持って別れるのではなく
別れさせられるのでもない空間の出現なのだ
どんな人でもいずれはそのなかに入るのだが
その空間の佇まいについては
戻って来た人がいないので分らない

（「別れの研究」）

これら四つの詩は、辻井さんが生きた八十六年間の、特に後半生において、転機になったのではないかと私が思っている年に詠まれたものです。後半生の四十年間余りというのは、ちょうど私が辻井さんと初めて出会って、そして亡くなるまでお付き合いさせていただいた期間と重なります。

一番目にご紹介した詩は『鳥・虫・魚の目に泪』(書肆山田、一九八七年)にあるもので、このころは日本経済がジャパン・アズ・ナンバーワンともてはやされ、マンハッタンを二回買えるなどといった傲慢な話が新聞をにぎわせていた時代でした。辻井さんの商売も絶好調で、この八七年には西武百貨店池袋店の売上高が、デパートの単発店舗として日本一になりました。三越を抜いたのです。そして企業としての西武百貨店も日本一になり、西武セゾングループとしてのグループ売上高も日本一という、いわゆる三冠を成し遂げた年です。

西武セゾングループが誕生したのが一九八五年ですので、ほんの二年間の間に駆け上がって日本一になった、そういうときなのに、どうして辻井さんは「私ハモウ駄目デス　モウ駄目デス　駄目デス」というような寂しい詩を書いたのでしょうか。

のちに辻井さん自身が「詩集全体が喪失と挫折に彩られているのだ。まるで日本一になったことで何かが失われた、とでも訴えているみたいなのだ」(『叙情と闘争』)と振り返っているように、もうこのころには日本のバブルに対する危機感があったのではないかと思います。

また、一九八四年にお母さまを亡くされていることも大きかったのではないでしょうか。お母さまの青山操さん――歌人の大伴道子さんを亡くされて、いわゆる「家」から多少は解放される、そういう思いもこのころにはあったと思います。そのような意味で、一九八七年を一つの節目であると考えたわけです。

二つ目の詩は、読売新聞に連載され、その後本になった回顧録『叙情と闘争』（中央公論新社、二〇〇九年／中公文庫、二〇一二年）の「あとがき」に書かれている詩です。この本自体は二〇〇九年の刊行ですが、詩そのものは一九九七年の心情を詠んだものではないかと思っています。

九〇年代になるとセゾングループの業績は悪化し、バブル最盛期においても日本の好景気は長続きしないと考えていた辻井さんは、ビジネスから完全に離れる決意をするわけです。辻井さん自身「不慣れな後退戦を戦っていたのが九〇年代だ」と言っています。

さらに、一九九七年というのはもう一つ決定的な出来事があった年です。辻井さんの妹さん、邦子さんが亡くなったのです。辻井さんの家族というのは複雑で、父親の康次郎さんの正妻には子どもがなく、他に何人かの女性がいて、辻井さんには多くの異母きょうだいがいました。一つ違いの邦子さんは、その中で唯一血を分けた兄妹です。その妹を失った影響というのは計り知れないものがあります。もしかしたらビジネスからの完全撤退を決意した直接の原因だったのではないかと思います。

余談になりますが、辻井さんの書いた小説の中には、もちろん父親を描いたものもあれば、母親を描いたものもあります。妹さんも描かれています。ところが、弟さんについて書かれた小説は一本もありません。腹違いの弟さんが何人もいるのに、その人たちについては一切、小説にしていない。

あるインタビューで、辻井さんが「弟さんは描かれないのですか？」と問われたことがあります。そのとき、辻井さんはこう答えていました。「いい弟のほうは、書くチャンスがあれば書くでしょう。取るに足らない弟に関しては、文学として書く対象にならないということです。興味が湧きません」。厳しい表現ですね。

一九九七年以降、辻井さんはあらゆる場面で辻井喬と名乗るようになります。ですから、二つ目の詩には、「変わろう、行動しよう、表現しよう」、そういった姿勢が非常に強く表れていると感じます。

三つ目の詩は、二〇〇八年に思潮社から出された『自伝詩のためのエスキース』という詩集の中の一つです。ここでは、死がまだ抽象的なものにとどまり、自分にはまだまだやるべきことがあるという思いが語られています。辻井さんは、このころから平和や憲法や教育、あるいは言論・表現の自由などに対して、これまで以上に積極的に発言するようになっていきます。

バブルがはじけ、セゾングループが業績不振に陥り、西洋環境開発が倒産したことはグループ解体の大きな要因となりましたが、その西洋環境開発の清算が終わったのが二〇〇五年のことです。この終結も、以降の辻井さんの活動に大きな影響を与えたのではないかと思います。

最後の詩は、二〇一二年に刊行された『死について』という詩集の冒頭の一節です。私は今年（二〇一四年）の夏、軽井沢にあるセゾン現代美術館で辻井喬展を見てきました。その出口手前に置かれていたのがこの詩集でしたが、ちょうどこの詩集を出された前年、二〇一一年に辻井さんは大変重い病気にかかり、死を覚悟したそうです。ですから、そのころの詩です。

第一の節目——最盛期、だが暗い心の内

前置きが長くなってしまいましたが、こうした節目を持った辻井さんの四十年が、ちょ

うど私とお付き合いいただいた時期と重なっています。前半生の四十年については、さまざまな方の証言がありますし、辻井さんご自身もたくさん書かれていますので、ここでは前半生には触れずに、あくまで私との関係から感じた四十年についてお話ししたいと思います。

少し私事になりますが、私はいわゆる団塊の世代で、一九七三年に大学を卒業し、岩波書店に入りました。入社してすぐ「世界」の編集部に配属され、二十三年間をそこで過ごした後、七年間単行本の編集をし、最後の十年間社長をしたという経歴です。

このように、私はほとんど編集の仕事しか経験せず、営業のことも経理のこともほとんど経験しない身で会社の経営に携わったわけですが、それでも編集という仕事を通して、さまざまなことをさまざまな時代に、さまざまな方に教わりました。

自分が編集者になったとき我が身に課したのは、「会いたい人には必ず会う」ということです。もちろん初対面の方たちですが、ありがたいことに岩波書店の名刺を持って行くと、どんな偉い方でも、どんな忙しい方でも会っていただけました。これは大変幸せなことで、三十年間でお会いした著者の先生は、一万人を超えます。かなり多いように思えるかもしれませんが、「一日に一人、新しい方に会う」と決めれば、一年を二百日としても、年間四百人の方にお会いできるのです。すると三十年で一万二千人になります。自分としては、それほど大変なことではありませんでした。会いたい人に会うわけですから。

とりわけ水上勉さん、吉村昭さん、井上ひさしさん、加藤周一さん、中野孝次《こうじ》さんといった先生方には、本当に三十年、四十年という期間を大変親しくさせていただきました。みなさん鬼籍に入られ、水上さんは今年が没後十年で、いろいろなところで催し物が行われますし、井上ひさしさんは今年生きていらっしゃれば生誕八十年で、やはり記念行事がいろいろ行われます。吉村昭さんも二〇〇六年に亡くなられて、毎年荒川区で「悠遠忌《ゆうえんき》」という集いが行われていますが、今年はたまたま私がその会で、「吉村昭さんと旅」という演題で話をさせていただきました。今、私にできることを、さまざまな形でお手伝いさせていただいているという思いです。それが編集者としての、わずかながらのご恩返しなのかなと思っています。もちろんお会いした方の中には、毎年お会いしていたにもかかわらずついに一冊も本を書いていただけなかったという方もいます。

そのような中で辻井さんにもお会いできて、今申し上げたような方々と一緒にお付き合いいいただきました。

初めてお会いしたのは一九七五年、「世界」にはじめて「父の不在・信号機」という私小説に近い短篇小説を書いていただいたときのことです。岩波書店と辻井さんとの関係も、この四十年に重なっています。

このとき、担当は先輩編集者でしたから、私は単に原稿を取りにうかがっただけで、それほど親しくしたわけではありません。その後しばらくは、お会いすることはあっても、辻井さんは当時ばりばりのビジネスをされていましたから、お忙しいですし、立ち話はしても、原稿をお願いするという雰囲気にはなりませんでした。一九八〇年に短篇小説「静かな午後」を書いていただき、八三年に経済学者の伊東光晴《みつはる》先生と「デパート・スーパーの経済学」という対談をしていただいたぐらいでした。

入社してすぐ、二十代の頃に辻井さんからかけられた言葉として覚えているのは、「専門以外の知識を持つこと。二つ以上の視点があれば、距離感ができる。視点が一つと二つとでは絶対的な質の差が出ます」というものです。その後は、複数の視点でものを見るという姿勢を心に留めながら、編集の仕事をするようになりました。

辻井さんと政治や経済、あるいは文学について話をひんぱんに親しく交わすようになったのは、私が一九八八年に「世界」の編集長になってからのことです。先ほど申し上げた一九八七年、辻井さんにとっての転機に重なる頃でした。

私は編集長として、一九九〇年に「創造力と想像力」というタイトルで辻井さんに対談形式のインタビューをしています。このとき辻井さんが力説していたのが、ナショナリズムに傾斜する前の、日本的なるものを救出する作業が必要だということです。その後、辻井さんはずっとそのことについて考えていたようで、いろいろなところに書かれたり話されたりしています。そして二〇〇一年に岩波新書で出した『伝統の創造力』で、その思考をさらに深めています。十年間、温め続けてきたテーマだったわけです。

さらにそれから四年後の九四年に、辻井さんと私は二回目の対談をしています。このときのタイトルが「『顔のない日本』への処方箋」というものです。九四年というのは、バブルがはじけて、後に「日本経済の喪われた二十年」と呼ばれることになる時代の始まりでした。

このときの辻井さんの発言は、バブルがはじけた直後の自らを振り返り反省する言葉に満ちていました。先ほど、八七年に書かれたものとしてキツツキの詩を紹介したように、辻井さん自身は最盛期にもかかわらず、バブルは長くは続かないと予感しており、八〇年代の終わりごろには、「これからの十年は、自分がビジネスをやる最後の十年だ」などということをおっしゃっていました。自分は「人間の論理」に基づいて経営をしてきたつもりだ、しかし結果としてバブルを生んでしまった、ということへの苦衷《くちゅう》が、このときの対談ではずいぶん語られていました。

『伝統の創造力』の「あとがき」には、こう書かれています。

その頃、つまり私がビジネスマンであった時代、発達した産業社会に適合するソフトをシステムとして、また感性としても作り出すことは社会の近代化・合理化に役立つのではないかという意識が私を前へと押し出していたのである。

しかし一九八〇年代に入ってから私はこうした努力が果して社会的にどれくらい有用なのか、という疑問を感じるようになった。

ご自身がやろうとしたことは、新しい産業社会をつくることに役立つのではないかと思っていた。しかし、と回顧しているわけです。まさにこの九〇年代初頭は、そういった反省と不安から出発していた時期でありました。

この後、私は一九九六年に「世界」の編集長を離れます。そして単行本の編集をするようになってからは、何冊か本を書いていただきました。このあたりがちょうど九七年の、

第二の節目の時期に重なります。

一九九六年に辻井さんは『消費社会批判』を岩波書店から出しているのですが、これは辻井さんの大学講義ノートで、その後博士論文の基になったものでもあります。刊行からすでに二十年近く経ちますが、今でも消費経済論としてよく引用されています。

第二の節目――ビジネスの呪縛から逃れて

この頃から、辻井さんは極めて旺盛《おうせい》に文筆活動をするようになります。九七年には、経済学者の佐和《さわ》隆光《たかみつ》先生との対談集『日本型経済システムを超えて』（岩波ブックレット）を出しましたし、九九年には社会学者の橋爪大三郎さんとの対談集『選択・責任・連帯の教育改革』（岩波ブックレット）、二〇〇〇年には小説『西行桜』が出ました。『西行桜』は連作集で、三島由紀夫さんの戯曲『近代能楽集』の二十一世紀版とも言えるようなものです。

そして二〇〇一年には岩波新書『伝統の創造力』を出版、ということで、ほぼ毎年のように岩波書店から本を出していただきました。本を出したのはもちろん岩波書店に限りませんし、文筆活動の他にもさまざまな活動をされていました。「教育改革」や「平和・憲法問題」などについて、若い研究者や、あるいは経済同友会の終身幹事であった品川正治《まさじ》さんたちと議論を重ねて提言を出すなど、そういう時期でもあったのです。

このころの辻井さんの口癖は、「経営はハウツーものになり、世界観は暗記ものになった」というものでした。経済人が世界観を持つ必要を感じなくなっている、流れに乗ってうまく立ち回ればいいと思っている、これは日本の時代的な欠点ではないか、という痛烈な批判です。しかし同時に辻井さんは、それでは自分がどうなのかと問われれば、胸を張って言えることではない、もっともっと切磋琢磨しなければ駄目だ、とも語っています。つまり、九七年という節目を越えた後は、まさにビジネスの呪縛《じゅばく》から逃れて、旺盛な表現活動をする時期へと入っていったのです。そこには、亡くなる直前までパリのセゾンの支社長をされていた妹さんの死が大きな影響を与えていたということは、言うまでもないでしょう。

このころ、五、六人の研究者やジャーナリストが辻井さんを囲む「虹の会」という勉強会を始めており、私も参加していました。虹の会というのは、谷崎潤一郎賞を受賞して非常に話題となった、辻井さんの『虹の岬』(中央公論社、一九九四年／中公文庫、一九九八年)という小説にちなんだものです。この会は、三、四カ月に一回程度の頻度で有力な政治家に来ていただき、話を聞くというものでした。例えば、河野洋平さん、小泉純一郎さん、渡辺喜美《よしみ》さん、加藤紘一《こういち》さんなどでした。われわれジャーナリストとしても非常に勉強になったものでした。

辻井さんは、後にそのころの思いを次のように語っています。「自分が文士になったら、社会に無関心になるというのはおかしい。僕のような物書きは、今までの経験を活かさなかったら、わざわざ転業した意味がありません」と。常にそういう二面性、あるいは多重性を問題意識として持ちながら、ご自身の仕事、文学活動、表現活動をされていたと思います。このような思いがあったからこそ、「虹の会」ほか社会活動や研究活動にも積極的に参加してくださったのでしょう。

一九九〇年代には、「世界」編集部がお手伝いをして、加藤周一さんなどを中心とした「二一世紀懇談会」という集まりを月に一回行っていたのですが、そのときも辻井さんに参加していただきました。この懇談会では、日本の現状を分析して、将来の「国のかたち」はどうあるべきかといったことを議論していました。

その後、二〇〇一年に政治学者や憲法学者が中心となって「憲法再生フォーラム」という会が発足したときも、辻井さんは最初から参加してくださり、最後は代表をお引き受けになり、それこそ亡くなるまで務められていました。

二〇〇一年というのは、小泉内閣のころです。小泉内閣が、いわゆる「イケイケドンドン路線」で有事法制の立法化をしようとしていた、そして教育基本法の改正をしようとしていた時期にあたります。戦争をしない国から戦争をする国への転換の動きが進もうとしていたころです。現在はもっと進んでしまって、集団的自衛権が容認されるところまで事態が深刻になっていますけれど、この状況の基盤は、小泉内閣のころに作られたと言ってもいいと思います。

ちょうど二〇〇一年に辻井さんからいただいた長文の手紙があります。日ごろいただくお手紙は仕事の内容がほとんどでしたが、このときはいつになく心情が率直に語られていました。これはもちろん私信ですが、差し支えのない範囲でご紹介すると、こういう内容でした。

六月二十八日付お手紙、有難とうございました。私は奈落に吸い込まれる水は、直線で吸い込まれるのではなく渦を巻いて次第に、そして終りの方は烈しく急速に、ということではないかと思っています。スローガンとパフォーマンスで集めた支持は、それが実効を伴わず、かつ悲劇的な不況を招きよせた時、倍返しの烈しさで不信感に転化するだろうと私は予測しています。それは政界全体の再編成を招来せずにはいないでしょう。おそらくその時期は今年の秋あたりからはじまるはずです。そうした動きに、真の言論はどう対応し、指導性を発揮し得るか、来るべき大変化は、我が国全体にとって、その今後を占うものになるような気がします。参議院選までのあいだに、もし意見交換の機会が持てれば嬉しく思います。

こういった書き出しで、その後はずっと仕事の話が書いてあったのですが、最後にこうあります。

財界とかビジネスとかを離れることが出来て、精神的にはかなり健康状態は良好になってきたと思います。しかし、なにかにつけて小生の体内に浸み込んでいる「旧来の陋習《ろうしゅう》」を洗い落としたいと考えています。貴兄のご指導をお願いする気持ち切なるものがあります。では、近いうちにお目に掛かれることを楽しみにして。　七月三日

こういった内容のお手紙は初めてでした。厳しく世の中を見つめ、なんとかしなければ

いけないという気持ちを率直に語り、父と子のような年齢差の私に対して、ともに手を取り合って立ち上がろう、いろいろなことを一緒に考えようじゃないかと言ってくださったのです。

このお手紙をいただいた二年後、私は岩波書店の社長になります。社長になってからは、辻井さんとは個別の企画の話というよりは、日本の将来の行動指針を作ろうという観点からのさまざまな研究会や意見交換が多くなりました。

第三の節目——戦争を知っている最後の世代として

そして第三の節目の二〇〇七年が来ます。八七年や九七年には明らかに節目となる出来事がありましたが、二〇〇七年には、なんらかの事件があったわけではありません。ですから、ただ十年ごとの節目という意味に過ぎず、正確には二〇〇〇年代半ばごろと考えて結構ですが、この年に私は辻井さんと三回目の対談をしました。前回が九四年なので、十三年ぶりの対談となります。

これは「軍縮問題資料」という雑誌で企画された対談でした。「軍縮問題資料」は、以前代議士を務められていた宇都宮徳馬《とくま》さんが私財を拠出して作った雑誌です。このときはちょうど第一次安倍内閣が退陣する時期と重なりましたので、この対談の主要テーマは、安倍さんが唱えた「戦後レジームからの脱却」への批判とその虚偽性というものでした。そのころから、辻井さんは世の中に対して厳しく発言をするようになっていきます。辻井さんがこの年に集英社から出した『新祖国論』は、かなり切迫した焦りと使命感を持った本です。それを表しているのが、例えば次のような文章です。

僕をしきりに表現へと動かしているのは、時代が悪い方へ傾きはじめているという危機感である。悪い方へ、というのは、戦争の方へとか、主権在民ではない方へとか、社会に格差が拡《ひろ》がる方へ、という意味である。

辻井さんは晩年になるに従って、発言がかなり強烈になっていくのですが、その基底に、辻井さん自身の出生の複雑さと、そして戦争体験があったのはたしかです。

例えば、こうも書いています。

僕にとって、戦争で無念の最期を遂げた人々の死を引き受けることなしに、現代を生き続ける路を開くことは出来なかったのだ。(『叙情と闘争』)

このころは最後の十年間にあたりますが、戦争を知っている最後の世代として多少のあせりとともに、使命感に燃えているかのように発言、行動し続けようという姿勢が明確になっていきます。そして最終ステージに向かっていくわけです。その最後の詩が、先ほどの四つ目の詩です。

これまで辻井さんの後半生について、四つの詩を取り上げてお話ししてきました。辻井さんのこの四十年に通底している思いは、「戦争体験」であり、「平和憲法」だったと考えていますが、その思いはこの四十年に限らず、ビジネスをされ始めたころからあったのではないでしょうか。詩集『わたつみ　三部作』(思潮社、二〇〇一年)で伝えたかったのも、そういうことだったのではないかと思っています。

以上、特に私との関わりから、辻井さんという人間を読み解いてきたつもりですが、辻井さんと私との関係は、言ってみればとても曖昧なものでした。文芸編集者と作家という関係ではなく、経済記者と経営者という関係でもなく、政治・経済・文学の狭間でお付き合いをさせていただいた関係でした。しかし、今になって思うのは、どんなに深くお付き合いをしていても、総体としての辻井さんという存在について語るのは難しいということです。どの部分を語ってもすべてを語ったことにはならないのです。ある部分を語って、そこから話を広げることはできるけれど、どんなに広げたところですべてを語っていることにはならない。その思いは、今回の連続講演会でお話しされている先生方、おそらく全員が持たれていることではないでしょうか。

ただ、私自身が「総合雑誌」の編集者を長くやって、経営にも足を踏み込んでいたということもあり、そういった意味では辻井さんのいろいろな面と接し得たのではないかという思いはあります。

総合雑誌・辻井喬

さて、今日の本題は「辻井喬にとっての政治と文学」です。辻井さんにとって、政治とは一体なんだったのでしょうか。辻井さんという人は、経営者と詩人・小説家という二つの顔を持っていて、その二つの顔が見事に融合して一体化されている、とよく言われています。私自身もそのように書いてきたし、発言してきました。二つの顔をうまく両方こなし、統一している人間であると発言してきたわけですが、辻井さん自身は決してそのようには思っていなかった。そう思われます。

例えば、回顧録『叙情と闘争』の中では「世の常識が指摘するように、芸術家と経営者、わけても財界人とは両立しないのである。もっと言えば両立してはいけないのである」と書いています。つまり自分は中途半端だと言っているわけです。また、先ほどの三番目の詩が載っていた『自伝詩のためのエスキース』——エスキースというのはスケッチですから、自伝詩のためのスケッチであるわけですが——その「あとがき」では、こう書いています。「そこに記されるべきは、矛盾に満ち、無責任でもある多重人格者の迷いの記録でしかない」。ですから、本人は多重人格者である、あるいは両人が統一してはいけないのだと思っていたわけです。

にもかかわらず、こういった本人の気持ちとは裏腹に、外から見れば、完結した一人の人間でした。詩や小説の創作にはますます意欲的になるし、政治の面ではフィクサー、経済活動ではまとめ役、さらに評論もやり、晩年は市民活動家と言ってもいいような側面すら持っている。ですから、たぶんこれは多重人格ということではなくて、多重の顔を持った知識人だったと思うのです。多重の顔がそれぞれ結び付いていた、それが辻井さんだったのではないか。

きっと最初はバラバラだったのかもしれません。辻井さんがおっしゃるように、ある意味では無責任と言いますか、矛盾に満ちたそれぞれの人格が、自分の中にあった。でも、次第にそれらが結び付き始めていって、最終的には一人の人間の中の、多重の存在として現れるようになったのではないか、そのように思います。その時期は、先ほどの二つ目の分岐点である九七年以降のことではなかったかと考えています。

ですから、辻井さんにとって政治というのは、いわゆる政界話ではないし、国際政治評論や経済評論でもありません。私なりに定義するとすれば、「社会を見る目とその表現活動の多様性の総体」、それが辻井さんにとっての政治だったのではないかと思います。

もっと分かりやすく言うと、辻井さんという一人の人間が、世界規模の総合雑誌を企画編集していたということではないか、そう思うのです。我々が考えるよりはるかにスケールの大きな総合雑誌です。しかもそれをたった一人で企画、執筆、編集し、さらにそれを実践するということをやっていたのではないでしょうか。辻井さんの言葉を引用すると、「世界の再構成を自分なりにしてみたい」(『憲法に生かす思想の言葉』)ということです。ご自身は、それくらいの心意気を持っていらっしゃったのです。

父親の康次郎さんの政治秘書を務めるといった経験が政界との結び付きを強めていくわけですし、またそれによっていろいろな政財界との交友関係が広がったことは確かですが、それをもって「これが辻井さんにとっての政治である」とは言えないと思います。そういった経験や関係は、辻井さんにとって政治の一部ではあったとしても、けっして中心にはなりませんでした。

実際、例えば「政治家でもあった父親が他界してからも、その時々の政界の指導者との関係が続いたのは、考えてみると不思議である。（中略）その結果、ふり返ってみるとかなり自分勝手な付き合い方をしてきた感じが残っている」ということも書いています。悪く言えば利用するところは利用して、自分の意志を通すところは通す。だから、「もうひとつ、僕にはその時の反主流を応援するという性癖がある」などということも書いているわけで、そういう意味での反権力、反体制的なところは持ち合わせていたのです。総体としての総合雑誌・辻井喬というものが、辻井さんにとっての政治だったんだろうなと思います。

辻井さんがあるとき、自己評価について問われたことがありました。辻井さんは自分自身をどのような人間だと思いますかという質問に、こう答えたのです。「自分は反骨精神と強い好奇心、そしてある程度の軽率さを持っている人間だ。ただ関心がいつも散ってしまって持続しない」。これはもちろん謙遜《けんそん》があると思うのですけれど、よく考えるとこれはまったく編集者が持つべき資質そのものです。ジャーナリストと言ってもいいですが、こういうところが必要なのです。もちろんスケールは違いますが、基本は非常に似ていると思いました。

私自身が、総合雑誌・辻井喬を個人的に感じたのは、あるシンポジウムでのことです。雑誌「世界」と、フランスの「Le monde diplomatique」という国際政治経済週刊誌との共催で、東京とパリとでシンポジウムを二回開催したことがあります。二回とも辻井さんにはご参加をお願いしました。

東京で行われたのは一九九二年十一月のことで、ちょうどバブルがはじけた直後にあたりました。

パリには一九九四年五月、加藤周一さんや樋口陽一さん、鎌田慧《さとし》さん、上野千鶴子《ちづこ》さんなど、十一人の先生方とともに出向き、先方もパリ大学教授やジャーナリストなど多彩なメンバーが集まり、二日間にわたって議論をしました。

先方はかなりラディカルな意見をお持ちの方も多かったので、私などはともかくとりまとめに右往左往していました。冒頭からかなり激しい議論もありました。そのようなときに、辻井さんは仕切り役としても非常に冷静な方で、かなり支えていただきました。金銭的にも支えていただいた記憶があります。

この東京とパリの二回のシンポジウムで、辻井さんは「企業人として日本資本主義を見る」「技術選択をする人間が問われている」の二本の報告をしています。

ちょうどバブルがはじけたころのことを思い浮かべていただければいいと思うのですが、東京での「企業人として日本資本主義を見る」という報告において辻井さんが論点としたのは、「戦後日本の『経済的成功』は市民に民主主義を定着させたのか、あるいは民主主義が欠如しているがゆえに成長したのか」というものでした。

パリでの「技術選択をする人間が問われている」という報告では、「技術選択と産業選択に際しての市民の役割とは、あれこれのテクノロジー選択の問題ではなく、どのようなテクノロジーの体系を、市民が自らの価値観に基づいて選択するか、という問題であるように思われる」と問題提起をしています。

つまり、資本主義について語るときも、テクノロジーについて語るときも、辻井さんは人間を主眼に置いていたのです。人間というものをもう一度捉え返していくということをしなくてはいけないのではないかと。ですから、先ほど申し上げた、「自分は人間の論理に基づいて経営をしてきたつもりなのに、なぜバブルを招いてしまったのだろうか」といった反省も、ここにあるわけです。

当時、「人間の顔をした資本主義」という言葉がしきりに使われていました。辻井さんは、そのこと自体を再検討してはどうか、あるいは「人間にとって有益な技術開発という考え方自体の再検討」が問題意識でした。まさに自問自答をしているような感じでした。そのようなご様子は、フランスの知識人とのやりとりの中でも見られました。

パリでの出来事は、思い返せば二十年も前のことになるわけですが、その際に日本人だけで食事をする機会がありました。印象に残っているのが、「人生の中で自分にとって先生と言える人はいますか」という話が出たとき、辻井さんは、丸山眞男さんの名前を挙げていました。今から思うと納得の人選です。

それからもう一回、一緒に海外にお供したときのことが思い出されます。二〇〇四年に辻井さんに誘われ、中国へご一緒したときのことです。中国人民対外友好協会という中国の組織が、創立五十周年を迎えるにあたり日中文化交流協会の代表団を招いたもので、辻井さんが団長を務められました。

　辻井さんが日中文化交流協会の代表団で初めて訪中したのは一九七五年です。このときは宮川寅雄団長の一員としての訪中で、辻井さんにとっては二回目の訪中だったそうです。以来、中国へは何十回と訪れることになるわけですけれども、二〇〇四年のときは辻井団長のもと、三浦雅士さん、洋画家の入江観《かん》さん、彫刻家の絹谷幸太《きぬたにこうた》さんなど、六名の方々とご一緒させていただきました。

　このとき私自身は一団員でしたから気楽なこともあり、大いに楽しんだわけですが、なにより刺激的だったのは、ホテルに戻ってからの「反省会」と称する雑談会でした。団長室にお邪魔して、お酒をくみかわしながらお話しするわけで、とても勉強になりました。特に覚えているのは、「中国人における本音と建て前」という話題です。中国を訪れる日本人は、必ずと言っていいほど、母国である日本を批判します。我々ジャーナリストに限らず、例えば保守党の政治家であっても、中国に行くと自分たちの政策があまりうまく機能していないというような発言をして、自らをふりかえります。しかし中国人は、公式の場では、自国の批判をめったにしません。では、いったい中国人の本音はどういうものなのだろうか。そのようなことを話したのです。

この話題については、中国の著名な作家である王蒙さんのお宅を訪ねたときに、たいへん率直な意見交換ができました。王蒙さんは毛沢東による文化大革命の時代に下放《かほう》させられて地方の農村に送られ、肉体的にも精神的にも厳しい体験をされた小説家です。辻井さんは、下放させられていたころの内面の葛藤や、どうやって自らの思想を整理していたかなどについて、辻井さん自身の体験と重ねながら質問をされていました。

さらにそういう対話は、例えば「青春とは何か」、あるいは「直近の日中関係についてどう思うか」などといった話にまで広がり、辻井さんも王蒙さんも同じ文学者として、非常にリラックスした表情で話していたのが印象に残っています。

辻井さんは公式行事の中国人民対外友好協会五十周年記念祝賀会では日本を代表して挨拶をされました。事前に用意されていた原稿の最後の部分は、「私は、アジアの安定と世界の平和のために、ともに努力を重ねたいと存じます」というものでした。でも、辻井さんはこう締めたのです。

「私は、アジアの安定と世界の平和のために、努力を重ねることを誓います」

ほんの些細な言葉の違いですが、辻井さんらしい表現がなされていて印象的でした。

第四の節目――「国のかたち」を問う

私が最後に辻井さんとゆっくりお話ししたのは、二〇一二年夏のことでした。このときは三時間ほど食事をご一緒させていただいたのですが、これが最後の、第四の節目のころとなります。

このときは前年の大病を克服され、大変お元気で、さまざまなお仕事に意欲的で、『消費社会批判』の続編として、『消費経済論』を書きたいと話されていました。夏の間に書き上げ、年内に脱稿して、翌年には出したいとおっしゃっていました。また昨今の政財界における「改憲勢力」の跋扈《ばっこ》に対しては厳しい言葉で話され、とりわけ経済同友会がかってとは様変わりしてしまったと嘆《なげ》いていました。ずっと原発依存度を下げる「縮原発」と言っていたのが二〇一二年に入って「原発推進」へ方向転換してしまったのです。こうした動きを、辻井さんは恐れ、嘆き、怒っていました。もう、これは平和憲法の価値を改めて訴える国民運動を組織しなければ駄目だ。最後の会食の中で、辻井さんはそうおっしゃっていました。

二一世紀に入ると、辻井さんは日本の政治についてますます憂いを強くしていくわけですが、それから十年以上経って、集団的自衛権が閣議決定されるという事態になりました。

このような「国のかたち」を、辻井さんが見たらなんと言うでしょうか。「平和憲法があるゆえに尊敬される国だった日本が、自らそれを放棄することになった」と言うに違いないだろうと思います。

辻井さんは、最初にお会いしたころから、二十代の若造に過ぎない私の話を真剣に聞き、ご自身の意見を開陳されるということをしてくださいました。二〇〇三年に私が社長になったときには、喜ばれると同時に「出版社は大変だよ。本は売れないし」と心配をされて、経営者の心構えや大変さをとくとくと教えていただきました。その折、「私を励ます会」も開いてくださいました。励ます会には井上ひさしさん、吉村昭さん、津村節子さん、井出孫六さん、鎌田慧さん、樋口陽一さん、篠原一さんといった先生方が出席され、そのときいただいた色紙に、辻井さんは次の一文を書いてくださったのです。

「後姿を見せて人を魅了するのは音楽の指揮者です。指揮者は自分では楽器を演奏しません。ぜひ名指揮者として名演奏を私達に聞かせてください。切にご健闘を祈ります」

それから十年が経って、ご期待に添えたかどうか、本当に忸怩《じくじ》たる思いがありますけれども、これもすばらしい思い出でした。

ただ一つ心残りがあるとすれば、『遠い花火』（岩波書店、二〇〇九年）のことです。この小説は私が関わった最後の仕事だったのですが、最初、取材で一緒に樺太《からふと》へ行こうという話をしていたのです。二〇〇六年のことです。しかし、辻井さんはもちろん猛烈に忙しいし、私も忙しくてどうにもスケジュールが合わず、実現できませんでした。そのため、この『遠い花火』の小説自体の内容を一部変更せざるを得なくなり、とても残念だった記憶があります。

『遠い花火』は二〇〇九年に刊行されました。これはある財界人の言行録を編集するという話が主軸で、辻井さん自身の人生と重なるような、半自伝的な小説です。財界人の半生を描きながら、人間関係が展開し、時代が描かれる。そういう物語です。もちろん辻井さん自身をそのまま財界人に投影しているわけではないのですが、辻井さんが理想とする人間像が、この財界人には込められているように思えてなりません。それは、この『遠い花火』について、辻井さんがFMラジオで一時間ほど語られたことがありましたが、次のようにおっしゃっていることからも見てとれます。

「この物語のテーマは『宿命』です。その定義は、私なりに言えば『歴史的に形成された条件』ということになります。その流れに身を任せるのか、それともあえてリスクを冒してそれを壊そうとするのかがテーマです。人間ときには、歴史的に置かれた自分の行動が社会的に正しいかそうでないかという判断が必要になるときがあるものです。自分自身は、あえてリスクを負ってでも、なんとか周りを変革しようと努めてきたつもりです。しかし、今はそういう人が少なくなってきた。一時代前はいたということを描きたかった側面もあります。今、世の中全体が臆病になっているのです」

この「臆病」ということについては、政治、経済の世界で気骨ある人がいなくなってきているという意味ではないかと思います。例えば外国との関係が悪化しそうなときに現地へ出向いて話を収めることのできる人物、経済についても振り子が振れすぎたら元に戻そうと強く働きかけるような人物、そういった人がいなくなっているということでしょう。今、辻井さんが生きておられたら、この「臆病」ということを改めて強く言いたいのではないか。そう感じます。

一昨年の夏にお会いしたときは体調が少しよくなられていましたし、昨年の夏も体調が回復されて軽井沢へ行かれ、そのときには「あと二、三年は大丈夫だから、執筆に励みたい」とも語っていたそうです。しかし、闘病のすえ、十一月二十五日、奇しくも三島由紀夫と同じ日に亡くなるということになりました。

亡くなった後、辻井さんのご子息のたか雄さんは、「父はこの三年、悪性リンパ腫、肝臓癌、肺炎と、通常は治すのが困難な難病に打ち勝ってきて、今回もなんとか回復することを信じていました。しかし最後は肝不全でした」とおっしゃっていました。また、同時に「父は経営者というより、『芸術家が経営に携わった』という表現が当てはまる『感性の人』でしたが、すべては『平和のため』の活動でした。特定秘密保護法案への反対意思表明、日中文化交流協会日本代表を務めたのはその具体例と言えます」と話されています。まさに、戦争体験と平和憲法が、辻井さんの生涯に通底していたのです。

創り続けられた時間と空間

小池一子

小池一子（こいけ・かずこ）
クリエイティブ・ディレクター。一九三六年東京都生まれ。早稲田大学文学部卒。西武セゾングループのコピーライティングを長年手がける。現在、武蔵野美術大学名誉教授。著作に『空間のアウラ』、『三宅一生の発想と展開』（共著）など多数。

街なかに「時代精神」を活かす

堤清二さんについてお話しするということは、どうしても過去のことを語ることになりますが、それを一番嫌われるのは、堤さんご自身ではないかと思います。なぜかと言えば、仕事仲間としての私たちは、まさに今現在のことに関心が強く、今日的な流れをどう理解し、その中でなにを作ることができるかと、お互いを確認し合うような緊張感の中で結ばれていたからです。これからお話しする中で、その片鱗を読み取っていただければうれしく思います。

堤さんは、今現在の感覚のことを「時代精神」という言葉で表現していて、経済から文化にわたる彼の多彩な活動の通奏低音には、この時代精神が響いています。お手元に、一九六〇年代の終わりから九一年に現役を退かれるまでの堤清二さんと、作家としての辻井喬さんのお仕事を一覧にした年表をお配りしました。これを見れば、堤さんが単に「箱」と呼ばれるような建物や文化活動の場を作っただけではなく、その場で起こることまでを考え、実行なさったことがおわかりいただけるかと思います。

私たちは堤さんの手掛けた美術館、劇場、広告のキャンペーンなどに関わりましたが、堤さんにはそれらすべてがコンテンポラリーでなければならない、現代感覚を発信するものでなければならないという強いお考えがあったと思います。そのことを最も象徴的に書かれた文章が、展覧会のカタログに「時代精神の根據地《こんきょち》として」というタイトルで寄せられています。一九七五年に西武美術館が百貨店の最上階に生まれたとき、美術評論家の東《とう》野芳明《のよしあき》さんが中心となってまとめられた「日本現代美術の展望」という、日本のコンテンポラリーアートの展覧会カタログです。日本のコンテンポラリーアートとしては初の、優れた展覧会でした。前文を省きながら、ところどころ紹介します。

一九七五年という年に東京に作られるのは、作品収納の施設としての美術館ではなく、植民地の収奪によって蓄積された富を、作品におきかえて展示する場所でもないはずです。それはまず第一に、時代精神の據点として機能するものであることが望ましいとすれば、美術館は、どのような内容を持って、どんな方向に作用する根據地であったらいいのか。

「植民地の収奪によって……」というのは、欧米型の美術館に対する皮肉と読んでいただいてよろしいかと思います。例えばルーブル美術館であればナポレオンの略奪によって収められた文化財がありますし、メトロポリタン美術館においても同じような背景があります。

この美術館が街のただ中に建っているということは、空間的な意味ばかりでなく、人々の生活のなかに存在することに通じているべきだと思います。ここで例外的に私達が一つの主張を述べるのは、美術を重要なジャンルとする芸術文化の在り方が、生活と、ことに大衆の生活と奇妙な断絶の関係を持っているという認識に立っているからです。

ここではいわゆる美術が、いわゆる「ハイアート」であり、日常的なものに触れるのは「ロー」であるという一九六〇年代までの考え方を指摘しています。

美術館であって美術館ではない存在、それを私達は〝街の美術館〟と呼んだり、

〝時代精神の運動の根拠地〟と主張したり、また〝創造的美意識の収納庫〟等々と呼んだりしているのです。

堤さんの生業は百貨店経営ですね。百貨店にこのような思想を持った美術館ができること自体が、革命的な出来事であったと思います。百貨店が展覧会をするのは、まずは顧客サービスのためであり、また店内の滞留時間を長くするためである、というのがこのころの一般的な考え方です。その時代に、このような宣言をなさっているということに注目していただきたいと思います。

視覚芸術の分野から見ると、時代精神の表現は現代美術にあたります。西武美術館は、日本で初めて現代美術館の歩みを進めることになりました。堤さんはグラフィックデザイナーの田中一光《いっこう》さんに西武セゾンのアートディレクションを一任され、企業としてのアイデンティティを作り上げてきましたが、そこには堤さんのクリエイティブにかける心構え、あるいは賭けにも似た決断があったと思います。

図1は西武美術館が開館した当時のポスターです。田中さんが、素のままの人間の頭の中になにがあるか、それを子どもがずっと見すえている、未来を見すえているという構図

を、ハイパーリアリズムを表現するイラストレーターである滝野晴夫さんに伝えて生まれたのが、このポスターです。

通常、美術館のポスターというものは、代表作を並べることが多いものです。しかしこれはイメージだけに語らせるポスターに仕上がっています。こういったところに、堤さんと田中さんの大きなアートディレクションの精神が表れていると思います。

図1　西武美術館開館時のポスター（1975年／画：滝野晴夫）©Ikko Tanaka / licensed by DNPartcom
所蔵：DNP文化振興財団

西武美術館では、当時ほとんどの人がその名を知らなかったフリーダ・カーロを取り上げて、その生き方や作品を日本に知らしめるなど、流行しているから、有名だからなどという理由では企画をしませんでした。いくつかの展覧会は、人がまったく集まらなくてもやるのだという覚悟があったと思います。最近、ハリウッドの言葉で「ブロックバスター」などという、爆発的に人が集まる大型展覧会が流行していますが、これを見たら堤さんはどうおっしゃったでしょうか。大きく目を見開いて「これも過渡期じゃないの」とおっしゃったのではないかと思います。

なお、西武美術館よりも少し早い時期に、渋谷パルコに西武劇場が生まれます。そのこけら落としとして始まったのが、武満徹さんが企画する音楽祭「ミュージック・トゥデイ」です。そのときに展開したのが図2のポスターです。声を主題にしたコンサートだったと思います。田中さんの手がけたこのポスターは傑作で、ジャクソン・ポロックという

図2　「MUSIC TODAY '80」のポスター（1980年）
©Ikko Tanaka / licensed by DNPartcom　所蔵：DNP文化振興財団

画家が得意とする絵具をたらす技法がありますが、まさにそのように色彩が躍動しています。「音楽を聞く喜びが伝わってくる」と堤さんもおっしゃっていた作品です。

また、この西武劇場では一九七三年に安部公房さんのスタジオが発足して、翌年には戯曲「友達」が上演され、歴史的な演目となりました。堤さんが作家にかける思いというのは、同時代の仲間作りであると私は思っています。同志を見つけ、活躍の場を与えていく取り組みには非常に迫力があり、「この作家に時代精神を賭けるのだ」という思い切りが感じられます。ご自身が意識されていたかどうかはわかりませんが、自分がいわばプロデューサーとして、時代の価値を作るのだ、それを増幅させて時代精神を確かなものにするのだという決意のようなものを感じます。こういった同時代感覚の同志にはさまざまな方がおり、武満徹さんや安部公房さんをはじめ、大岡信さん、三島由紀夫さんといった日本の傑人を、堤さんはさまざまな形で支援され、発言をしてもらう場を準備しました。

先日、三浦雅士さんがあるところで劇場や美術館といった空間を「魂の場所」と表現されていました。絶妙だと思います。堤さんが作られるものは、単なる場ではなく、心を育て、思いを取り込む、内面の存在に気付かせるような空間であって、その空間を提供することで人々にそれと対峙《たいじ》する時間を用意されたと、私は感じています。

ただ、音楽を聞いたり美術に対峙したりすることの効果は、外から見るとなかなか理解されないもののようです。八〇年代、ちょうど西武の文化装置が世間に知れ渡ってきたころに、私はある有名な評論家から「堤清二のやっていることは心の領域までビジネス化をするのでけしからん」と言われたことがあります。そういった言葉の石つぶては、直接的にも間接的にも堤さん本人へ無数に浴びせかけられたと思います。経営者・堤清二への批判は、作家・辻井喬の感性への拷問《ごうもん》であったのではないかと、そういう思いがします。

半ズボンの経済人

今日この講演のために、堤さんがいつなにをなさり、辻井さんがいつなにを書かれたということを整理したくて、堤さん、辻井さんにまつわる本や資料を細かく読んでみたのですが、どれひとつ完全ではないという発見がありました。それは当然のことです。堤清二、辻井喬という人物の仕事は膨大で、網羅することなど到底できません。ですから、巨象の一部をなでるように判断される人間像になってしまいます。それは、生前のご本人に対しての、周囲の目線と同じであったと私は思います。

「僕は財界の人たちには半ズボンの経済人と見られている」。これは、私が生前に堤さんからうかがった言葉です。長ズボンは、常識的な一人前の社会人が履くものですが、それに対して「僕は半ズボンである」。経済同友会や、経団連といった場所へ出向いたときの感想だと思うのですけれど、そういうことをおっしゃっています。

　飛躍した言い方になりますが、これは周りに理解をされないという、非常な孤独な存在感から発せられた言葉ではないでしょうか。自分のことを全的に受け止める人はいないという認識がある。しかし、これは私たち一人一人にとっても同じ、普遍的な問題かもしれません。

図3　Studio 200 開設時のポスター（1979年／コラージュ：大竹伸朗、コピーライター：小池一子）©Ikko Tanaka / licensed by DNPartcom　所蔵：DNP 文化振興財団

　図3は、芸術に関して議論したいこと、美術に関連したさまざまな思考の受け皿として開設された、Studio

200という小さめのホールで展開されたポスターです。このポスターを手がけたのが、今やロンドンなどで展覧会を行う世界的なアーティストの大竹伸朗《しんろう》さんです。先年、ドイツのドクメンタとヴェネツィア・ビエンナーレという世界有数の二つの大きな展覧会で改めて展示され、本当にセンセーショナルな話題になりました。

大竹さんは若いころ、日本の美大の教育に満足できず、ロンドンで窮乏生活を送りながら、ご自身の身辺にあった細かいものをスクラップブックにして、たくさんの作品を作っていました。田中さんと私とで、そのビジュアルブックを見せていただいたとき、田中さんはすぐに「これは西武で出版したいね」とおっしゃいました。田中さんはまずその作品のいくつかをポスターに採用し、レイアウトを進め、私はコピーライティングを担当したのですが、このときに生まれたのが「もっと感覚的に生きられるはずだ。」というコピーです。

このコピーには、その時代の私たちの本音が込められています。さまざまな意味で増殖していく感覚的なメッセージを打ち出すということが八〇年代の特徴で、時代の熱気をかき立てていったのが西武セゾンの文化装置であったと言えるでしょう。

図4は、軽井沢の高輪美術館（現セゾン現代美術館）で展開されたポスターです。高輪美術館は、以前は高輪プリンスホテル内にあり、清二さんの先代である康次郎さんのコレ

図4　マルセル・デュシャン展のポスター（1981年）。西武美術館と高輪美術館で開催された　©Succession Marcel Duchamp / ADAGP, Paris & JASPAR, Tokyo, 2016 E2004　©Ikko Tanaka / licensed by DNPartcom 所蔵：DNP 文化振興財団

クションを展示していました。一九八一年には軽井沢に移転しました。当時、紀国憲一《きのくにけんいち》館長をはじめ、関係者みんなが「いよいよ現代美術館ができるのだ」と興奮したものでした。

高輪美術館は、軽井沢に移転して最初の展覧会で、マルセル・デュシャンを取り上げています。マルセル・デュシャンは二〇世紀までの美術の歴史に対して、現代美術の概念を提示した始祖と言えます。「高輪美術館」という名称は、おそらく歴史的、経済的な背景からつけられたものであると思いますが、同じ名前でも、堤さんの時代になると、現代美術の館ができあがった。しかも軽井沢という自然あふれる土地に、です。これは、堤さんの頭の中にデンマークの

図5　マン・レイの作品「エマク・バキア」を用いた、高輪美術館軽井沢移転時のポスター（1981年／コピーライター：小池一子）©MAN RAY TRUST / AGAGP, Paris & JASPAR, Tokyo, 2016 E2004 ©Ikko Tanaka / licensed by DNPartcom　所蔵：DNP文化振興財団

ルイジアナ近代美術館のイメージがあったと考えられます。海に面し、自然を取り入れた小さな美術館です。

　そこで展開されたのが、図5のポスターです。風になびいているのは馬の毛ですが、楽器のチェロの頭を表しています。これはシュルレアリスムの作家マン・レイの作品で、タイトルは「エマク・バキア（emak bakia）」というスペインのバスク地方の言葉です。英語で言うと"leave me alone"で、「私を放っておいて」という意味深長なタイトルですが、ここでは画像を見ていただくことに留めます。

　コレクションである作品を、本当は絶対に屋外でこんなふうに撮影してはいけないのです。これは、「オーナー、許して」という気持ちで、田中さんのチームで作ってしまったポスターです。マナー違反を犯していると知りつつも、やはり自然あふれる環境の空気、そして本物との出会いの喜びを伝えたいと考えて提案したのですが、こういった強引な行動ができるクリエイティブチームを、堤さんは叱りながらも許し、見守ってくださっていたと思います。上がそうなら下も革新的に行動する。だから力のあるキャンペーンができたのではないでしょうか。

堤さんはたくさんの会社を立ち上げられ、それぞれからいわば上納金のように、文化事業にお金が集まった時期があったと思います。高輪美術館、現セゾン現代美術館においては、一番豊かなときには年間二十億円の予算で展覧会を行ったとお聞きしています。なお、展覧会をし続けるというのも、この美術館の特徴です。つまり、収蔵品を持たず展覧会を運営し展開していくという、美術館ではなく、展示館としての役割を果たすという考えが貫かれています。

日本とソヴィエトの芸術交流

美術館の仕事の中から一つだけ印象深いものを選ぶとしたら、西武美術館がソヴィエト連邦時代のロシアに送った展覧会です。一九八四年に、モスクワのソ連美術家同盟中央作家会館という施設で「日本デザイン――伝統と現代」という展覧会を実施しました。これは、体制の違う両国だからこそ文化的な交流だけは続けたほうがいいという堤さんのゆるぎない確信から生まれた企画でした。

五ヵ年計画でさまざまな展示を実施したのですが、「日本デザイン――伝統と現代」は実は第二弾で、第一弾として一九八二年に西武美術館で「芸術と革命」というタイトルの展覧会を行っています。今でこそロシア・アヴァンギャルドの巡回展が行われるまでになりましたが、この展覧会が行われた当時は、いわば鉄のカーテンの向こうにあの幻の作品があるといった遠いイメージで、想像の範囲でしか捉えられていなかったのです。そんな時代にマレヴィッチやロトチェンコ、カンディンスキーの作品を実際に見ることができたということは、美術関係の仕事に携わるものとして誇らしく思ったものです。ただし、美術館までの輸送は本当に大変で、裏方一同の血と汗と涙の結晶で成り立った展覧会であったと言えます。

しかしその筆頭で苦労なさったのが堤さんで、交流の内実を豊かにするために、ソヴィエトの外国貿易省や党中央委員会などにかけ合われ、またご自分でもモスクワ大学で連続集中講義などをなさっていました。その地ならしのおかげで展覧会が実現したのです。

私は西武の関西の文化事業を統括していらっしゃった西村さんと二人で、「日本デザイン――伝統と現代」のキュレーションと実施の細部を担当しました。打ち合わせに二年かかり、その間に大韓航空機撃墜事件があって民間の渡航が難しくなるなど、実施までに大変手間取りました。

「日本デザイン――伝統と現代」は、衣食住の各ジャンルにおいて日本人の生活でどのように伝統が継承され、現代のデザインを生み出しているかということを提示する展覧会で、四十万人の観客を動員しました。壁の向こうにはこういう生活があるということを見せたということになり、この展覧会はペレストロイカの起爆剤になったと、堤さんはおっしゃっています。

展覧会のことを書いていらっしゃる文章がありますので、紹介します。男性たちがオートバイなどさまざまな機械の展示に夢中になっている中で、女性たちがどういった反応を見せたかが書かれています。

最新式の流し台やガス台を組み込んだシステムキッチンの前にも女性の人だかりが

できていた。気のせいか僕には、彼女たちの瞳の中に驚きばかりではなく哀しみの色が宿っているように見えた。（中略）立《た》ち竦《すく》んでいる彼女たちの胸には、どんな疑問が去来していたのだろうか。ソ連は第二次大戦に勝った。日本は敗戦国だ。それなのにどうしてこんなものを製造できるのか。（中略）どこかが間違っている。労働者の理想の国であるはずの自分たちの国の暮らしが今のままでいいはずがない。（中略）もしかすると、僕のなかでのユートピア思想は、立ち止まって動かない主婦の瞳の色を見た時、消滅を完成させたのかもしれない。何事でも、滅びる時はそれなりの経過と悲しさを伴うのだ。

ここで堤さんのおっしゃるユートピアとは、モダニズムの一つである社会主義思想の実現であり、その壮大なる失敗を実感したことを暗示していると思います。

余談になりますが、私はこの展覧会の裏方に、英語のできる通訳を頼みました。すると周囲に知られず本音の話ができます。通訳の彼は、当時のレニングラード出身ということで、本来のサンクトペテルブルクの街の地図を見せたいといって、密かに自宅から持ってきてくれました。私は次の出張の際、衣類の中に「ニューズウィーク」や「タイム」などを隠し持ち、彼への手土産にしたものです。二人ともそういう行為が発覚したら大変です。空港で検閲《けんえつ》が衣類を触るときなどは生きた心地がしませんでしたが、そこには知りたい、知らせたいという欲望のアドレナリン・ジャンキーの世界がありました。

堤さんは、スタッフがそういった危険な綱渡りをすることもお見通しだったと思います。その通訳者は、日本から同行した大工さんたちのために差し入れた日本酒に味をしめ、オープンの夜に酔いつぶれて道に倒れているのを発見され、通訳の役目を外されてしまいました。私がディナーの席で、ソヴィエト文化省の幹部の方に「彼は本当にいい仕事をしたので、絶対にクビにしないでください」と懇願するところを、堤さんはおかしそうに見ていらっしゃいました。

無印良品の誕生

堤さんは「生活総合産業」という言葉で、商業の限界を広げようとされていたと思います。西武美術館を立ち上げ、関連する Studio 200 では芸術論のバトルを起こすという文化の器づくりを進める中で、西友から新しい商品群を出すという発想を持たれました。それは無印良品の誕生へと展開していきます。

世の中が高度経済成長期に入っていって、「一億総中流化」という言葉も出てきます。その時代に、ものの価値を問い直すという命題を掲げて、堤さんの下に何人かが結集しました。西友ストアの商品部にいた目利きのマネージャーや、西武・西友の広告やデザインを中心とするクリエイティブチームが一度出会っただけで、「こういうことがやりたかったんだ」というものづくりに走るというのは、今考えてみても奇跡のような出来事だったと思います。

堤さんは、これからは「消費者主権の時代」に入る。そして、自立した消費者のためにものづくりに参画しながら商いをする、とおっしゃっていました。アメリカ型の豊かさやファッション性、ブランドといった付加価値が大勢《たいせい》であった時代に、無印良品はものの豊かさ、ものの真価を打ち出しました。それは「反体制商品」であるなどとも言われましたが、会社人間には無印の良さが伝わらなかったのだということを、堤さんが対談などで述懐していらっしゃいます。

図6は、無印良品の発売告知のポスターです。「ホッ、うまい。エッ、安い。」。なんという剝きだしの言葉でしょう。ニュアンスも香りもありません。でも、私が何案か書いた

コピーの中から、田中一光さんも堤清二さんもこれを選ばれたのです。一番驚いたのは私です（笑）。市民先導の社会を望む堤さんと、商いが大好きな田中さんから、私はとても大きな心を学んだと思います。

無印を立ち上げたとき、初めは四十品目しかありませんでした。そのときのスター商品が、割れ椎茸です。完全な形をした椎茸でなければマーケットに出せないと思われていましたが、ちらし寿司なら椎茸は刻んで入れたりしますから、形は関係ありません。そういったことを主婦の方々との話で汲み上げたり、マネージャーがいろいろなアイディアを出してくれたりして、商品作りがなされました。

図6　無印良品登場時のポスター（1980年／クリエイティブディレクター：田中一光、アートディレクター：麴谷宏、グラフィックデザイナー：入江健介、コピーライター：小池一子、イラストレーター：福田繁雄）

この「無印良品」とい

うネーミングも、先ほど申しあげたチームの集まりで生まれたものです。世の中の趨勢がブランド志向に向かう中、流れに逆らうようなものになりました。トップからの課題は、よい品を消費者に手渡す仕組みと位置付けについて研究せよというものでしたが、これを英語で言うと、いいもの、good product です。それは「良品」と置き換えられるよねと。それから、そもそもブランドが必要だろうかという話になったのです。ブランドの価値は非常に大事な課題ではありますが、当時はブランドロゴやマークが一人歩きしてしまっているライセンスビジネスが非常に盛んで、それに対して我々は反発していました。それは「無印」と言えるんじゃないの、とコピーライター仲間の日暮真三《ひぐらししんぞう》さんが誘導してくれて、「無印良品」というネーミングは三分ぐらいで決まってしまったと思います。

大きな企業ですから当然社長の決裁がありますが、堤さんからは当日のうちに「これで行きましょう」とお返事がありました。これも珍しいことです。宣伝部の人とクリエイティブチームと商品部の議論の結果でぱっと生まれた、トップマネジメントとプロジェクトチームの幸せな結合。それが、無印誕生の場で起こりました。

田中さんの主導の下で作られる無印良品のコピーライティングは、できることを率直に表現し、装飾や仮定の言葉は一切使いません。さらに無印は、見過ごされているもの、忘れられているもの、捨てられてきたものをもう一回見直そうという姿勢を持っています。

例えば、当時のヒット商品の一つは鮭缶でした。鮭缶というのは、身のところが丸くカットされてきれいに缶に入っているものが一般的でしたが、本当は頭のほうも尻尾のほうもおいしいのです。括約筋《かつやく》だから、むしろ身よりも締まっていておいしいぐらいです。ただ見栄えが悪い。それは非常に無印らしいということで、私は鮭になりかわって「しゃけは全身しゃけなんだ。」というコピーを作りました（図7―1）。

図7－1　「しゃけは全身しゃけなんだ。」の新聞広告（1981年／クリエイティブディレクター：田中一光、アートディレクター：麹谷宏、コピーライター：小池一子、イラストレーター：山下勇三）

無印の面白いところは、アイディアがものすごいスピードで実現されていくことです。しゃけのコピーについては、食品のバイヤーが書き留めていたメモの中にたまたまこういったもの

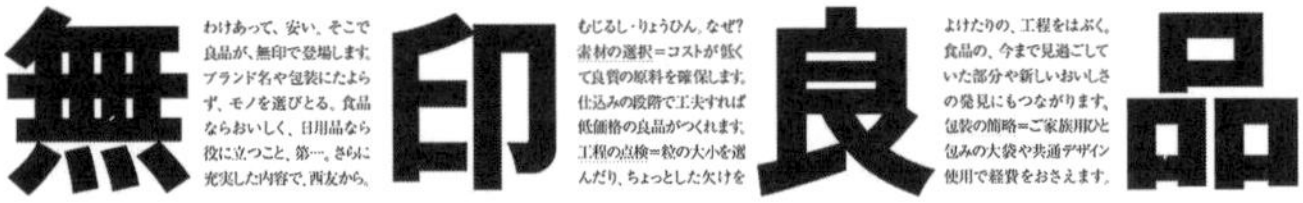
無
わけあって、安い。そこで
良品が、無印で登場します。
ブランド名や包装にたよら
ず、モノを選びとる。食品
ならおいしく、日用品なら
役に立つこと、第一。さらに
充実した内容で、再度から。
印
むじるし・りょうひん。なぜ？
素材の選択＝コストが低く
て良質の原料を確保します。
仕込みの段階で工夫すれば
低価格の良品がつくれます。
工程の点検＝粒の大小を選
んだり、ちょっとした欠けを
良
よけたりの、工程をはぶく。
食品の、今まで見過ごして
いた部分や新しいおいしさ
の発見にもつながります。
包装の簡略＝ご家族用ひと
包みの大袋や共通デザイン
使用で経費をおさえます。
品
図7－2　図7－1の下部拡大図

があり、それをアートディレクターが見て、イラストレーターの山下勇三さんにこういうものをつくろうと提案したのです。私が会議でポスターについての打ち合わせをして事務所へ帰ると、すでに田中さんの事務所から「こうしようよ」というメモやラフスケッチが来ているぐらいのスピードで、ポスターがどんどん生まれていきました。

注目していただきたいのは、一番下の部分です（図7－2）。無印良品の四文字の間のスペースにそれぞれ文章がありますが、これは、「無印良品っていうのは、四文字ですよね。四文字の間に三つのスペースがあるでしょ？　そこに商品の成り立ちを三つ入れましょう」と田中さんがおっしゃったことから生まれたものです。現在の無印良品でも非常に大事にしていることなのですが、まずは素材を選ぶ。それから工程の点検をし、商品の見栄えをよくするためのアイロンがけなど、無駄を省いて低価格に結びつける。それからパッケージを簡略化する。素材の良さ、工程の省略、包装の簡略化。この三本柱を、三つのスペースで繰り返しメッセージしてきました。

無印良品の第一号店はスーパーの西友で誕生しましたので、衣類なら衣類、食品なら食品という、衣食住の各領域に商品が散っていました。するとコンセプトが埋没してしまいます。無印良品というのは生き方への提案ですから、生き方の選択をするグルーピングは一箇所に集めると、どういうライフスタイルを私たちが望むかということが分かる。そういったことを広告チームが主に強く主張して、三年後に青山に第一号の店舗ができます。今、この青山店はFound MUJIというお店になっています。

もともと無印は現実の世界、身近にあるもの、それから過去から我々の先祖がつくりあげてきたものなどを再発見し、「こういうものがやっぱりいいよね」とみんなで納得する、その共感を大事にしています。Found MUJIというお店は、そんな観点から生まれ、現在ではどんどん世界に羽ばたいていっています。

生き方の選択などという堅い表現をしましたが、エコロジーに敏感なお客様、そして商品の価値をどこに見るか、どんな豊かさを追い求めるかという意識を、ともに持つことができるお客様と交流したいという一念でお店を作りました。八五年というブランド文化まっ盛りのときに、とてもファッショナブルな街へ地味な無印良品をわざとぶつけた。これは非常にヒットしました。

イギリスにリバティという老舗百貨店がありま す。東洋の知恵を受け継いで作る商品を提示するというコンセプトを持っている百貨店ですが、そのバイヤーが百十周年記念のために次の商品を探していたところ、無印の青山店に行きついたのです。彼女は五年もの間、何回も青山店を訪ねてくださったようで、ある日「次に世界へ紹介する東洋の商品は、無印のほかにないと思った」と書かれた一通の手紙をいただきました。それが、無印の海外進出のきっかけを作りました。

図8をご覧ください。これは、お母さんが赤ちゃんのために肌に優しい木綿を選ぶのが大事なのではないかと啓発しているポスターです。にぎやかな飾りやきれいな色などは二

図8 「愛は飾らない。」のポスター（1981年／クリエイティブディレクター：田中一光、アートディレクター：麹谷宏、グラフィックデザイナー：入江健介、コピーライター：小池一子、イラストレーター：山下勇三）

の次で、素材が大事。そのときに望める最良のコットンを赤ちゃんのために用意したいという気持ちを、山下勇三さんの一筆描きのイラストレーションとともに「愛は飾らない。」という言葉で伝えました。「愛は飾らない。」という言葉は、今となっては陳腐かもしれませんが、飾らないということは、虚飾ではない、事実であるという意味がありますので、無印の企業コンセプトとして今でも使っています。

「堤清二＝辻井喬」という人間

堤さんが、「文学者であり、経済についてもたくさんのことを書かれているけれど、現場の小売業をどのように見ているのか」と訊かれたことがありました。堤さんはご著書の中で「小売業は、僕にとってはそこでビジネスを学び、社会について学んだふるさと」と書いていらっしゃいます。しかし、そのふるさととはいかなるところだったのでしょうか。少なくとも、作家・辻井喬にとって居心地のいい場所ではなかったのではないかと思います。だからこそ、非情な観察眼の持ち主として、辻井喬は現場にあり続けたのではないでしょうか。それは、観察してきた私の体験から言えることです。

例えば、クリエーションに関するプレゼンテーション会議のとき、横長のテーブルに

「横長のテーブルに宣伝部、われわれがこちらの側、クリエイターの方々はそちら側に座ってください。社長はこちらにお座りになります」などと席を案内しながら社長をお待ちする場面が多々ありました。しかし、ドアを開けて定刻にさっと入っていらっしゃった堤さんは、そういった決まりを無視して、アートディレクターやグラフィックデザイナーの横へすっと入ってきて「それでその後どうですか」とおっしゃるのですね。堤さんにとっては次のクリエーションが主題なので、それが当然のことなのです。でもビジネスマンにとっては手順が第一だったりするわけで、そんなずれは日常茶飯事であったと思います。

太陽のある間は、そういった日常的なことを受容しての、堤清二の時間です。日没後はさらに会食交じりの打ち合わせや会合があり、それは辻井喬さんとしての打ち合わせも含めたもので、連日連夜、精一杯の日々を過ごされていたのだろうと思います。

図9はイラストレーターの河村要助さんと、二、三時間おしゃべりをしながら構想を膨らませてできたポスターです。大きな企業となった西友・西武を観察していてもわかることですが、一般的な企業や団体では、物事を進めていくのにあたり部長や課長の印鑑が大事です。しかし無印良品では、自然には印鑑はないでしょうという発想をしていました。「自立する消費者」という堤さんの名言に沿って言うならば、私は自立するサラリーマン

であり、自立するビジネスの方たちと話が合う人間でした。そういうことをもっと日本の男性が考えてくれたらいいのにと思って書いたコピーが「ぼくは無印だ。」というものです。

現在、無印良品は世界二十五の地域に展開されています。各国の愛用者の中には、文筆家や音楽家などさまざまな文化関係の方々が多くて、それは堤さんの考えられた、自立した消費者の群像でもあったと思います。世界共通のものとしてMUJIというアルファベット表記をしておりますが、この表記は先ほどのリバティ百貨店とのやりとりから生まれたものでした。

打ち合わせをしていたとき、イギリスでも無印

図9　「ぼくは無印だ。」のポスター（1983年／クリエイティブディレクター：田中一光、アートディレクター：麹谷宏、グラフィックデザイナー：入江健介、コピーライター：小池一子、イラストレーター：河村要助）

良品という名前で着地させたいという考えがリバティのほうに強くありました。でも、とても言いにくそうに発音していたのです。私は、ロンドンでの打ち合わせで、リバティの社内的には MUJI（ムジ）と通称されていたことを思いだしました。MUJI は無地、プレーンにつながります。私は非常におもしろい偶然であると思い、田中一光さんと「MUJI という言い方はいいですよね」と話していたのです。そこで、東京の打ち合わせでは「これからは無印良品は海外では MUJI にしましょう」ということになったのです。

それからリバティ側は、わざわざムジルシリョウヒンと言いにくい言葉を使うことなく、堂々と MUJI と言うようになりました。そのように、さまざまな人と出会って打ち合わせをする中で、MUJI は育ってきたと思います。

無印良品は、こうあってほしいという生活そのものです。それはトップマネジメントを務めた堤さんをはじめ、関係者全員の思いでした。例えば、より使い勝手のよい道具とか、見栄えが悪くても本当においしく、いい素材の食品とか、肌に優しい素材といったものを形にしていくという、非常に絶妙なバランスの上に成り立っています。

それは「あらまほし」（あってほしい）という概念が作り出した商品です。だからコンセプチュアルアートのようなものよと、ある美術館のキュレーターに言われて、さもありなんと納得したことがあります。そんなアート発想が可能になったところに、堤さんのビジネスマンとしての先見の明があったと思います。

私は、堤さんという一人の大きなマエストロの全体像を、日常の堤さん、非日常の辻井さんをそれぞれ理解することでつかもうと努力をしておりました。これについてはもっと考えを深めていきたいですが、日常の堤さんというのは、例えば百貨店業でいえば、あらゆる商品を見尽くしている堤清二さんのことです。一方、辻井喬さんは、三浦雅士さんがおっしゃった「魂の場所」としての器――それが美術館だったり、劇場だったり、スタジオだったりするわけですが――そういうところを用意して、非日常に思いをいたすということを消費者に望む。堤さんと辻井さんには、そういう関係があったと思っています。

すると、日常と非日常、つまり物質がつくりあげている世界と概念とが融合したものが無印良品であると言えると思います。それは堤清二さん、辻井喬さんという双方の遺伝子を無印良品が受け継いだという表現で言い表すことを、可能にしてくれるように思います。

今まで見てきたポスターにはすべて西友のマークが入っていますが、無印は一九九〇年に良品計画という社名で独立します。そしてますます「あらまほし」を打ち出すようになっていきました。今、良品計画という会社に関わる人たちが、その概念を受け継いでくれています。非常に健全で空気のいい会社ができていて、私などは本当にいまだにおもしろくて、一緒に仕事をしている部分があります。

私たちが仕事を元気にし始めた七〇年代から、二一世紀に突入して十年以上が経ちました。その間に私たちが見たり経験したりしたことは、これからどのように受け入れられていくでしょうか。有効なものとして役立つでしょうか。それはまったくわかりません。疾風怒濤《しっぷうどとう》の時代にいると思います。だからこそ、今まで行われてきたことの検証、アーカイブの仕事が大事なのではないかと思っています。

堤さんは、大きな精神的遺産を遺されました。ビジネスの功績の向こうには、辻井喬さんという作家であり、詩人である方の魂があります。そう考えれば、これを堤さんがして、これを辻井さんがしたというような分け方はできないのではないでしょうか。ですから、「・」もつけずに、堤清二辻井喬という人間が大きな存在であったということを、私は思っています。

あとがき

二〇一三年十一月、堤清二＝辻井喬氏が他界されたとき、私は共同通信社の依頼によって追悼文を寄稿しました。共同通信社の配信した拙稿は、南は沖縄から北は北海道まで、三十社近いブロック紙、県紙に掲載されたそうですが、この種の配信記事として、これは異例の数だということでした。

知名度などという粗笨《そほん》な言葉はもちだしたくありませんが、堤清二＝辻井喬氏が常識の範囲におさまる実業家であったとしたら、地方紙が競って追悼記事を載せるような事態は、見られなかっただろうと思います。新しい文化の創造の旗幟《きし》を鮮明に高く掲げて、めざましい冒険に乗りだしてゆくパイオニアの精神がひろく、そして共感と敬意をもって受けいれられていたことが、はしなくもそこに証明されていると思われてなりません。美術館、劇場など、セゾン文化財団の傘下で運営された事業は、メセナという常套語で呼ばれる、企業による文化支援の活動とは異なって、新しい文化の地平を開く創造性が、確実に認められる性質をはっきり帯びていました。

実業家・堤清二氏はまた文学者・辻井喬氏でもあったことを、どういいあらわせばよいか難しいのですが、驚異というか感嘆というか、なにか特異な眼をむけずにいられない、と私は感じつづけていました。詩人として、小説家として、さらに現代という時代の脆弱さを批判する評論家として、辻井喬氏は数多くの著作を遺されました。実業とはまったく無縁、いわば文学の領分に踏みとどまるだけの文学者にでも、なかなかこれだけの著作を産みだせるものではありません。

実業の世界と文学の世界とにわたって、それも多面的というか多角的というか、多彩多様な活動を積みあげて、現代の文化に貢献された堤清二＝辻井喬氏の業績をあらためて顕彰するとともに、もし未知の面が残されているとしたら、それがひろく一般に認知されるような機会になればと考えて、私ども世田谷文学館では連続講座を開催することを企画しました。堤清二＝辻井喬氏の活動されたそれぞれの分野で、その業績の詳細に精通しておられる方々に出講をお願いして、二〇一四年十月に講座は五回にわたって開かれました。本書は五回の講演を活字化したものですが、受講された方々から、新しい知見を教えられたという反応が寄せられ、連続講座の成果が立証されたことをぜひ書きそえておきたいと思います。

なお、巻頭のまえがき「二つの世界を生きたひと」は、連続講座を企画した世田谷文学館の責任者として、私が執筆したものであることをお断りしておきます。講演記録のテープおこしから活字化まで、煩雑な作業を献身的に進めてくださった平凡社編集部の岸本洋和氏に、感謝の言葉を申し述べなければなりません。有難うございました。

二〇一五年十二月

菅野昭正

追記――「辻井喬＝堤清二という人物」と題して講座を担当して頂いた松本健一氏は、本書が刊行される前に逝去されました。本書に掲載されているのは、夫人のご了解を得た上で、私が若干の補筆をくわえさせて頂いたものであることをお断りいたします。松本氏の霊前にあらためて深謝の言葉を捧げるとともに、ご冥福をお祈り申しあげます。

編者　菅野昭正（かんの・あきまさ）
文芸評論家、フランス文学者。1930年神奈川県生まれ。東京大学文学部仏文科卒。東京大学教授、白百合女子大学教授などを歴任後、現在、世田谷文学館館長、東京大学名誉教授。日本芸術院会員。著作に『ステファヌ・マラルメ』、『永井荷風巡歴』、『小説家大岡昇平』など多数。訳書に、ミラン・クンデラ『不滅』、ジョナサン・リテル『慈しみの女神たち』（共訳）など。

辻井喬＝堤清二　文化を創造する文学者

発行日――2016年3月9日　初版第1刷

編者――菅野昭正
著者――粟津則雄　松本健一　三浦雅士　山口昭男　小池一子
発行者――西田裕一
発行所――株式会社平凡社
〒101-0051　東京都千代田区神田神保町3-29
電話　03-3230-6580（編集）　03-3230-6572（営業）
振替　00180-0-29639
印刷・製本――大日本印刷株式会社
装幀――クラフト・エヴィング商會［吉田浩美・吉田篤弘］
DTP――平凡社制作

ISBN978-4-582-83719-3　NDC分類番号914.6
四六判（18.8cm）　総ページ224
平凡社ホームページ　http://www.heibonsha.co.jp/